一个演员的生活笔记

李立群 著

人民文学出版社
PEOPLE'S LITERATURE PUBLISHING HOUSE

著作权合同登记：图字 01-2017-4493

图书在版编目(CIP)数据

一个演员的生活笔记 /李立群著. —北京：人民
文学出版社，2017
ISBN 978-7-02-013079-5

Ⅰ.①一… Ⅱ.①李… Ⅲ.①散文集-中国-当代
Ⅳ.①I267

中国版本图书馆 CIP 数据核字(2017)第 149994 号

出 品 人　黄育海
责任编辑　甘 慧　李 殷
装帧设计　汪佳诗
封面摄影　傅 博

出版发行　人民文学出版社
社　　址　北京市朝内大街 166 号
邮政编码　100705
网　　址　http://www.rw-cn.com

印　　制　上海利丰雅高印刷有限公司
经　　销　全国新华书店等

字　　数　110 千字
开　　本　890 毫米×1240 毫米　1/32
印　　张　7.25
版　　次　2017 年 8 月北京第 1 版
印　　次　2017 年 8 月第 1 次印刷

书　　号　978-7-02-013079-5
定　　价　49.00 元

如有印装质量问题,请与本社图书销售中心调换。电话:010－65233595

目 录

序

替台湾的《表演艺术杂志》，糊里糊涂就写了近十年的专栏。大约是前五年，他们把稿子拢在一块，替我出了本书，问我书名叫什么好，我就随口说了一句，就叫《一个演员的库藏记忆》吧！然后书也就顺利出了。

到了内地，一家出版社说我们也想出版。我同意了，结果书名被建议改成《李立群的人生风景》……也行，我没什么好计较的。再版，改回来，也行。

这回，我把第二本要出的文章，一篇一篇校订了一下文字。坏了，写专栏为基础所展现出来的书，随着时间的延长，内容的感性和事件，会越来越薄。其实我早就感觉到这种现象的存在，何况我并不是学中文或者学写作的人，稍一话多，文字和语言的深度，好像都已经到了尽头，脑子里浮现出什么就写什么，组织的能力几乎都不再依靠了，又不想抄谁的，怕丢人，临时抱佛脚又谈何容易，佛在哪里都不知道。

所以，能看到这本书，又能看完它的，我是真佩服您。我希望这本书，客气中有它的坦荡荡……

李立群

2016 年 5 月 18 日　台北

Chapter $\boxed{1}$

演员杂记

莎士比亚来了吗？

莎士比亚来了吗？这句话的意思对我来说，就是戏排演得怎么样了。那么，排得怎么样了呢？还真不好说。有句中国话是怎么说的啊？"而今识尽愁滋味，欲说还休。欲说还休，却道天凉好个秋。"不对，好像有点扯远了，我是真想逃避现实，可既然要谈，也不能躲着不谈，那就谈吧！

我觉得，目前为止，排戏已经进入"紧锣密鼓期"，还有"十五天"的工夫，我是丢三落四，似有似无地在找着、摸着，眯着眼睛再看着"奥赛罗"这个角色，说白了，就是进步很少，令人担心，极不靠谱的感觉！那怎么办？大家都等着看呢？不是看笑话，看笑话的人一般不会来，是看戏，看好戏的观众就要来了！哎唷！压力太大了，"奥赛罗"如果是我，他就不会有什么压力，太多事情他都是往前冲的，在战场上，他是百战雄狮的主人，他是司马光在《资治通鉴》里不断强调的"真龙不死"的真龙。我不是，而且差别挺大，我经常都只是个"卒仔"①，现在说这角色太难演，似乎太迟了，会有这想法，不也是个"卒仔"？

这些，奥赛罗还都没有，他连自己没有爱的智慧却又爱得太深，这一点自知之明，都非常的觉醒。杀了自己最亲爱的人，毫不犹豫地交出自己的生命，为了求平等，为了尊敬一种真正无私的爱。他的妻子苔丝狄梦娜做到了他没有做到的，他又进一步赶上去做他该做的事，最后，临死前，向自己下刀前，还不忘记军人本色，或者说他内心深处的一个渴望，就是能"成为一个威尼斯人"。所以他的人格天生自大而勇敢，不会开车却开了一部赛车的野牛，说完了，道尽了，人性里的忌妒，强烈的台词，多元化的欣赏角度，不同口味的诗意，让忌妒变成了"P5"汽油，把这个赛车，玩命地推上了针锋对决的高速上，后来那个"针"跟那个"锋"，还真不是在说人与人之间的关系而已，是在说每一个人自己。自己在自己的世界里，不管你谦不谦卑，暴不暴力，自不自大，糊不糊涂，自不自卑，当忌妒来袭时，谁都保不准会走火，会爆炸，你几乎会完全变了一个人，虽然你还是原来的你。

在知道了、或者说已经建立了奥赛罗这个角色，能够被运用的材料，比方说，他是黑色的摩尔人，在种族歧视的威尼斯白人社会里，没有在低下阶层混，反而是威尼斯王族贵人所要仰赖安

---

① 卒仔是台湾方言，意思是外表很强悍实际却很胆小。

全的砥柱。他有过多的社会高傲，衬托着天生种族所带来的过多的自卑，心理因素上其实是一个火药库，还是个没有警卫的火药库，炸到谁，谁倒霉。

但是以上是说他这个人，而当人变成角色，要被拿来演的时候，除了勤加练习之外，我们还经常会去寻找的一种"微妙关系"，这个关系，可能是跟角色相同的一种经验，也可能是风马牛不相及的一个因素。戏快上演了，这是一个美丽的竞赛，是像雅典奥运开幕式里，那么精准美好的奥林匹克精神的"再现"？还是一场为求生存的残酷杀戮？都在我心里上演，我只能默默地看着它们，自长，自灭，一直到演出完了，他们对奥赛罗，起到了什么直接或间接的影响，看戏的时候，或许就会看到一点，一次很不同的演出，奥赛罗自己的针与锋的"对决"。

我不想用比较过于正经的用语，严肃地来谈我现在的排戏工作，我既写来吃力，你也难以十分体会，只能自顾自的，想到哪说到哪……

除了"忌妒"是《奥赛罗》一剧的主题之外，在这篇文章里，如果还能闻到什么玄机，或者气味，也是因为来自这出戏的、还没演出前的一些心思。

奥赛罗的命运和他的爱情生活，让我想起了年轻时看过郑愁予的一首诗……来自海上的风，说海的沉默太深，来自海上的云，说海的笑声太辽阔……只是想起了而已。

我现在还演出奥赛罗的呻吟，他杀了爱妻之后的呻吟，宣泄着的懊悔，突发而不渐进，必须要有真实的，被打击过后的承受感，而且极其深切……好写，不好演。那种懊悔的哭泣，似乎也透露出"新生"的感知，但是最爱的人已经死了，新生的意义也被淹没了。然而演员和观众是生生不息的，看完了这个莎士比亚的四大悲剧之一，只要您没睡着，您看得下去，那您就可能在别人的痛苦与懊悔当中，看到自己的生生不息，"自强"不息。

　　如果你来看戏了，也看到了这个感觉，那，莎士比亚就算来过了。

2008 年 9 月

《奥赛罗》演出剧照

两次教训

关于演出《针锋对决——奥赛罗》与《傻瓜村》

参加莎士比亚剧《奥赛罗》的演出，成为我这一年多来无法忘怀的某一种挫败。倒不是我接受不起表演上的得意或失意，而是在排这出戏的过程中，我几乎都在跑医院、住院、检查、复健，还有个"误诊"加在其中等等有关于生病的问题，浪费掉了许多宝贵的排戏时间，让我心痛，耽误其他主要配戏的合作演员，使他们的发挥也受到影响，让我更感到遗憾而内疚。

因病无法专心排戏，演出"对不起观众"

而且要命的是，票还很早就卖光了，这意味着观众是等着要看一场好戏的。我汗流满面、背后湿透地苦撑着在高雄演完了首演的头两场，虽然我绝不会让台下的朋友看出我有状况，但是，任何一出戏，就是要上演了，才更清楚地感受到一个戏的轮廓、演出的好坏以及问题的所在……我颓丧地在后台，在旅馆，在回台北的巴士上，极力地反省因为我在排戏的期间生病所造成的问题；一一地找出奥赛罗这个角色所没有做到的地方。排戏就是排戏，"排戏"这件事情最了不起的地方，就是可以让演员在能够放松的情况下，冷静地、涂涂抹抹地去找到一个表演的方向，表演的点点滴滴，尤其是表演的方向，也可以说是目标吧。当一个角色的方向和目标确立无误的时候，比你在台上拼命地、专注地演出都重要。当戏已经上演的时候，如同箭已离弦，火箭已经升空，不能再退回排练室里，修理修理这边，改动改动那边。而且，《奥赛罗》从高雄首演，继而新竹、台南、到台北城市舞台，我愈来愈觉得我的表演单薄得像一张纸，愈来愈多排戏的时候没有办法去顾虑的问题、没有办法去发掘继而去练习的情节，一一在我脑海里萌生出来，原本还以为自己经验够多，反应够快，应该可以在对角色有过仔细的研究之后，似乎就可以八九不离十地呈现出来——大错特错，简直荒唐。

但是病倒了是真的，票也不能退了，眼看着一定要对不起观众了，心里头闷的……找不到任何借口来安慰自己。你是一个几乎什么仗都打过的老演员了，怎么可以不知道体力的维护是不可大意的事情？舞台剧演员，哪里有资格生病？尤其这个腰椎间盘突出的病，是累出来的病，我怎么可以让自己的体力精力累到失控，累到老天爷都让你躺下了，站也站不直。没有时间去开刀，就躺着或坐在排戏场旁边看别人排，自己只能用嘴巴跟他们对词，中途又跑去看病、针灸、推拿等，我不敢难过，但是心里想哭……演出的评语有人说："伊阿古像个好人，奥赛罗变小了……"说得没错，而且说得很客气，戏已经上演，改动起来非常危险，但是我必须得去改，尽我的力，改到不能再改为止。在第一波的演出结束后，我忍着自己心头上的羞辱，默默地把自己全部的台词，重新地练了再练，去重新想每一点转折，想尽办法把他们在第二次加演的时候，重新呈现出来，中间隔了一个月，我觉得好多了，只是前面几十场已经看过的观众怎么办呢？说抱歉吗？一点用没有。再演一次《奥赛罗》，让我的身体没有病，已经变成一个遥不可及的梦，而且也弥补不了对观众造成的损失。

个人状态不好，连累了其他演员的努力

我个人的状态不好，影响了别的演员，也连累他们的努力。比方说金士杰所饰演的伊阿古，在排练的时候，我看到他是如何努力地检查自己的表演，练习各种心理情况，调节自己的声音、情绪，尽力地可以让自己成为不留痕迹的骗子，面对着雄狮一般的奥赛罗，甚至还害死了他。结果呢？我的体力让我没有办法参加排练和参加讨论的次数太多了，所以也直接连累了金宝在台上原本可以使出的力气。一个演员练习得很多，很细；另一个演员几乎没练，自然就粗糙。不了解内情的朋友，是很容易会把金士杰所精心设计的伊阿古，看成是一个"也算用心良苦的好人"，因为他表演得精致，反而使卑劣性的色彩降低了，甚至于还会认为李立群无力招架，金士杰过于抢戏了（抢戏这种行为，是金宝的个性里和他的表演涵养里，绝对不会有的事）；而且，李立群怎么会把一个大将军，在节目单里还诠释得有声有色这么好听，结果演出来的形象，倒像是一个心事重重的士官长了？其实，这些都是给那一场不该生的病给闹的。在台上没能够接住伊阿古的戏，内在的个性和气质，也没能给伊阿古造成一定的压力，戏自然就不好看了。奥赛罗深爱的妻子，没演出来深爱；妻子深爱着奥赛罗的表现，当然也是孤掌难鸣，也是会被连累的。这些，如果换成了其他演员生病，我的表演同样也会被连累的。在台北加演场的时候，虽然我已经尽力挽回了许多，但是也尝尽了自己跟自己的角色的一种"针锋对决"了，有一点置之死地而后生的感觉，真不好玩。只是想提出来跟后来搞舞台剧演出的朋友们，聊一聊，勉强成为一次经验报告吧！

大意误判形势，演出让观众失望

而《傻瓜村》，是《奥赛罗》过了一年后的演出，我的伤病早好了，但是对不起观众的感觉，比《奥赛罗》还严重，我想扑过去救，都没有机会。更可恨的是，票又全卖光了，观众场场皆有错愕！怎么看到的戏，跟宣传的海报、宣传媒体上讲得这么不一样？其实我在宣传一个演出的时候，从来不会去骗，或刻意去诱导观众。我的原则一向是"假话全不说，真话不全说"就行了。但是这次宣传的海报上，说"尼尔·赛门喜剧……李立群喜剧……"这两点把很多人唬住了，许多许多朋友，会认为是一出上乘喜剧，对它有很多期待，而我们并没有事先说它是一个"实验"性很强的喜剧。我的心情是五味杂陈，观众在谢幕的时候，分配给我及我们的掌声，我像是看到一封来信一般地清楚，明白。

《傻瓜村》为什么这么让观众失望，我有几句没说的真话，赶快说吧！《奥赛罗》犯的错是我生病了，让自己过于劳累，没有警觉到体力的透支，一般这是不可告人的错。我得在这里说，《傻瓜村》是我大意加太大意，连剧本都没有仔细地看过，光凭多年以前看过一次的记忆，就答应演出了，而且排戏时间不到一个月。加上这个剧本，我们莫名其妙地、没有小心地、就认为它会是一个很容易就讨好的剧本。其实不然，它之所以没有能成为百老汇的商业好戏，却又是北美许多戏剧系的学生爱拿去研习演出的剧本，那么里面必然有一些，不是那么理所当然的，需要演出的人更加研读和讨论的篇章在里面，说白了，就是一出很难演好它的戏。

隐藏东西方文化隔阂，喜剧更难演

为什么呢？一般我们在看悲剧的时候，不管是东方的京剧或能剧或英国人古代的莎士比亚剧，凡悲，必有民族相通、人类相连之处，容易了解而产生共鸣！观众心里容易有准备。悲与喜的素材，虽然都源自生活，却各有不同，喜剧尤其需要生活中的共鸣，台上表演的人和台下看戏的人，必须能够共享同一个背景，它是很容易就会有地域性的。尼尔·赛门的喜剧虽然是写给全世界的人看的，但是美国的观众看了会更有默契；就像北京的相声拿到台湾来听，不见得受欢迎。又比方说，我们现在流行说的"抬轿子"，对老外来说，要怎么准确又快速地去翻译呢？所以《傻瓜村》里面又暗藏着很多东西方文明的隔阂。观众好不容易高度关注地去买了票，结果看完了戏……花钱认栽，很包涵地在网上骂了几句，就算过去了；惨的是，我全看到了，而且我比谁都明白是怎么回事，是怎么失职所造成的。怨不得经验不够的小男主角，他连为什么会参加演出都不知道，能不能退出不演的权力都没有，全是大人们帮他决定了，他只负责往前冲，所以我还得十分感谢他的心无杂念，他的初生之犊不畏虎，而且还挺压得住场的。对年轻的他来说，收获最多，而且挫折比成功的经验更具有成长性；也怨不得本来就想要两全其美的导演；全怨我，怨我这个被人称为台湾舞台剧最老鸟之一的糊涂蛋。

君子报仇三年不晚，"仇"是我把事情搞砸了，报仇是给观众报的，时机成熟的时候，请允许我再为您上一次菜。

常言道：瓦罐不离井边破，大将难免阵头亡，打遍天下无敌手，碰上钉子就完蛋。

2009 年 11 月

十七年之痒

恰巧是十七年之前吧！我在表演工作坊时，第一次看到这个美国剧本《*Last of the Red Hot Lovers*》，我们现在把它翻译成《十七年之痒》（其实不叫翻译，就是改名字了），有一些些改编的地方。精神不去改变，改得还不错，我很少说我的舞台演出不错。这一次的排戏虽略显匆忙，但是演出还是可以的，所以票房上的比例，口碑好像大于宣传，这在小众传播的舞台剧来说，是最好的现象，观众说你好看，看的人自然会多。每次谢幕的时候，老演员听得到一片掌声中的主要情绪是什么，所有的辛苦，也就有了一个归宿，放心地回家休息去。

《十七年之痒》的演出有没有什么不好？或者是差强人意的地方？当然有，而且还不少，但是我不想在这里说，也不是护短，是希望留给看过的观众，去开心地、大方地，或者激烈地去批评吧！这个戏，我没有那么多不安，我会毫不设防地去接受各种评论，倾听各种感受。

　　心里面，反而不自觉的在渴望下一次想要演的戏。十八年前还是十九年前，我在表坊演了阿瑟·米勒著作的《推销员之死》，当时也真是年纪不够，回想起来，那时我根本不了解父母对子女的爱，总是叫人感到无力的，尤其是父子之间的一种。父亲望子成龙，儿子以父为荣的两种热情，一旦被事情破坏了，双方都必须承载着失去"爱"与"希望"的痛楚。那种痛，天下当过儿子、当过爸爸的人，都能体会一二，或者有无边的痛苦感，让人不禁会想到，"爱"真的就会是一场苦难吗？爱这么容易就会遭受到意外的打击吗？如果爱就是要克服苦难，并且对苦难进一步做出拥抱，才能使一切苦厄消失的话，那么《推销员之死》的主角就像许许多多的爸爸一样，他们爱的力量，其实是有限的，所以最后他付出的爱是悲哀的——走向毁灭，自杀了。当然爱的极反面，往往就是杀戮，那是对不懂得爱的人才容易发生的，这些在《推销员之死》的家庭中都有发生。再加上，当时抑郁症这个名词，社会还不太熟悉，我在角色的揣摩上多少有点瞎子摸象。如果我现在能再演一次这个戏，以上所说的情形应该都不会再发生了，到时候台下哭的观众，男人会更多。很奇特的一个剧本，观众会静默地看，激动地看，戏会给人一种不由自主的深沉的感觉，一种无可言说的父子情怀，天下父母心，天下父母心，啊！

　　看完了戏，你会痛苦。虽然它让你花钱买折磨，但是它也会带给你清醒的知觉，更珍惜你过去的懊悔，如果我们能再演得好一点，我们自己都会步向超越、提升。可是，排戏的时间要够上加够，演员要愈强愈好。因为这个剧本是真的不好演。

演员的道路，是一种迂回上升的历程，永远是翻过一山又一山，跨过一场又一场，永远是对昨日的某一种舍弃，某一种跨越，某一种翻过。而翻过不就是一种倒转？如果我是有反省能力的演员，应该永远是一种：觉今是而昨非，而且不觉昨非就无法悟到今是。《推销员之死》的当年演出，我后悔过，所以在某种意义下，我可以在"懊悔"里成长，在下一次的演出中，我会重拾它，不怕它会丧失。

一般人在生活中想要重新去希望一件事比较难，这一点演员就比较幸运了。我上回其实演得不好。不怕，又没让我赔钱，可是赔了名声，赔了观众的收获。但是我可以真心地去盼望，去珍惜，珍惜这个戏被重估的机会。

来年，让我再演一次吧！好剧本生生不息，好演员自强不息。我没说我好喔！我静静地等待着下一次的逆转。

2011 年 2 月

月圆之夜

这天是中秋，我在赶这篇东西，此刻的月亮又圆又亮，好像跟古人都能见面了。月圆之夜，话多，事多，爱情多，在古代，据说战争也多。

既然月都圆了，又没有"云妨"，我就来唠几句心里话。可以是解构性地看，也可以是建构性地想，随意。希望有人相会即可。

最熟练时，也是最难看清自己时

有一年，在台北排演一出舞台剧，由美国电影改编过来的。

第一次读剧本没看出什么毛病（这是经常有的），只是小修顺了一下。开排，老鸟了，没有太多的担心。排了几天吧！老板来看我们粗试的整排，旁观者清，看完后她很严肃地跟导演开了会。意思是目前这个男主角（我演的），看起来过于坏人了点，是不对的！应该是观众要透过这个坏男人的心理过程，去看老婆们如何面对女人的处境，进而挽救婚姻……我很同意她的观点和观察。那么，改！停止排练了三天还是五天吧！（这是少有的）太应该停，也太应该改，但是一定改得好吗？

问题的二次发现，往往是排练一个戏最难的地方。我是最老鸟，导演是中鸟，其他的演员也都是优鸟，按部就班，每天排戏都准时开始，暖身，暖嗓，逐场地反复排练。戏，由模糊进入具象，由单一渐渐地有了张力，在演员最接近熟练的时候，也往往是最没有能力看到自己真相的时候，尤其我，好像还算是一个资深、权威老鸟，许多谦卑而实惠的感受，会不明就里地进不了排戏间！丰富不到戏这一点，不一定是所有剧团的问题，但是它普遍存在着，其实，我就是再大意，也意识得到，这个戏可能没那么好看，自己所饰演的三个不同角色，一定有许多地方是要改的。但是，时间到了，要交卷了，上台，首演开始……

舞台剧这种剧，创作或者排练的时间和过程，几乎全部地影响到了它的结果。

当那出戏上演后，基本上都是满座，我心如刀割，有这么多人要来看我并没有把握周全的演出。随着观众发出的笑声，演员愈来愈被鼓励着，也愈来愈以为自己演对了，没有笑的观众，在思考和失望中的观众，礼貌地坐在观众席，演员是看不到的，戏被笑声、简单的欢乐声，强迫地再次包装着，戏歪了，还是薄了，还是幼稚了，还是俗不可耐了，甚至还是根本演错了，台上的人，都很难察觉了。到后台来探班的朋友，既然来恭喜了，说的话当然就委婉了很多很多。几个月后，自己偷偷看录下来的光盘，心如刀割。就这样，割了好几个戏了，我哪还有脸、还有工夫，对别的剧团说三道四、品头论足。全怪自己，因为我是最老的鸟。

戏成功，但成熟吗？

《那一夜我们说相声》是成功的作品，只是成熟或不成熟，见仁见智，连排戏的时间加搜取资料的时间，共有半年才公演。《暗恋桃花源》算得上近二十年一个经典集体创作，排了将近半年！《这一夜谁来说相声》已经有经验了，还创作了四个月，排练依然差强人意。《台湾怪谭》，我跟赖声川，天天排，天天讨论，弄了三个多月，演出后效果虽然好像不错，其实，是不成功的，因为我们想做的是单人表演的"stand comedy"，或者是"单口相声"，但是中间走进了类似散文式的说书形态，只是观众似乎接受了。但是我们两个都知道，它是在演出之后，边演边改了十几场以后，才救成那般。

说这些，是给后来需要的人看，就像当年，无知，却又无法知道的我。

我，李国修，赖声川，表演工作坊创立后的第一个戏
《那一夜，我们说相声》

赖声川，我，李国修 2011 年在上海戏剧谷的合影，
这是一张让我有些心酸的照片

演员修养训练的使用期限

　　最近尤其深有所感，如果演员的一生是以表现情感为主要工作的话，那么情绪的起伏，对一个演员的生活和表演工作的影响都太重要了，有的时候还真是天真地羡慕出家人，可以抛开太多的情绪，每天有一个固定的时间，让自己进入一个禅修，或者说，情绪极不需要起伏的一种状态，哪怕是五分钟也好。

　　或许我想得太过天真，隔行如隔山，出家人当然也有情绪起伏吧，可能还不输给未出家的人……人与人之间，演员与演员之间，真像是一条河，有的时候涨潮，有时低潮，有时干枯，有时泛滥成灾……情感表现和与人相处的关系，不管你修养多好，原来它们从来就没有真正地老实过，或者是说，从来没有长期的稳定过，自己一不小心，就会踩到地雷，甚至一发不可收拾到后悔不及的地步。

　　演员虽然都是演员，但是质地、个性、训练背景、区域的文化不同，年龄、性别的不同，常常会因为一点点细小的摩擦，而失去互相信任、互相尊敬的能力；演员是一种情感丰富的动物，却不一定都能找到稳定的韵律，不论你多想演好一出戏，或者再专心地去演一出戏，都还是会有一些人性里面来不及学习、或者来不及丢掉的东西，阻碍和影响你的表演，甚至生活。

暂且不谈创作，六十岁的人了，生活和工作的两种情绪还是经常会打架，闹矛盾。无端的兴奋，短暂的欣喜，偶尔的平静，难防的抑心，突来的愤怒，可叹的抱怨，时而意气飞扬，时而意兴阑珊，有时也会激昂慷慨，甚至咆哮以对，这哪是耳顺之年的人啊！不只我这样，我妈妈今年八十九了，有点力气，她也会向我们咆哮一下，也会生气好几天，也会意兴阑珊半个月左右。我说这些事的原因，可能是我想要愉快地工作而不得，想要心无挂碍，但是全无考绩可用，所有的演员修养训练，搞了半天，原来都是有使用期限的。我是说我，不敢说别人。

难得碰到一只好大的猎物，赶快拉弓上箭，结果见猎心喜，要好心切，让它跑了，甚至把自己伤到了，"耐烦"原来也有有效期的。那么演员这个情绪表演的工作，凭良心说，要用什么作为"度"呢？人类的天性，他的内心，一如他的身体，不应该说谎，说谎了也没用，他有他的韵律，不会一成不变，也不该一成不变，这个可能就是命运，或者说是天机。因此我还能怎么办？只能顺其自然，因势利导，尤其是因势利导，我最近常常在思考这四个字，为了要让自己辛苦而大量地工作，能像水一样流畅，而不要崩决泛滥，我到底是要筑高堤防，还是要挖深河道，现实的工作环境这么地局促……想把一个戏演得稍微好一点，要跟这么多你意想不到的人接触，而且是由内心的接触，这永远是一个演员要预防要练习的事情，我干吗要说这么多悲观的事呢？因为我最近正在伤害一个演员，我也相对地在被伤害，而且，无解。老天保佑吧！

人类精神的导师们啊！孔子啊！老子啊！释迦牟尼啊、苏格拉底、耶稣啊！请你们一起穿着一身紧身裤，让我看看吧！不要再显得那么宽松……

我的内心太需要宽松，宽松地待人，宽松地待己。或许说，我太需要大声地笑笑了。我不想再穿得那么紧了。

2011 年 11 月

创业年代

这四个月来，从初秋到冬天的中间，我一直在拍一部戏。我饰演的角色由四十出头到六十岁左右，是浙江里安山里的一个农民。在改革开放初期，就自觉到一家人要走出山村，去到城市，找发财的机会。一个人会举家从老祖屋迁居，甚至用流浪的、捡废品的方式来维持生计，又要寻找任何商机，这个觉悟性、冒险性、毅力都要付出很多很大，否则，不是寸步难行就是打回原地，还消失了理想。当"风乍起"，往往会"吹不皱冰封的池沼"。一个人或者一个家庭，当心理没有准备好，心胸还没有张开，就算他读过很多书，也不见得能知道下一步要怎么走，或者是现在要怎么办？如果不能下定决心，充满斗志，终究还是会隔靴搔痒，于事无补。

创业之初，一遍又一遍的失败，有点像演员排戏时，一遍又一遍的摸索，在失败和摸索的同时，也得到了化经验为知觉的成长。那个历程，对个人，对国家社会，都是绝对重要的，而且只有在经历的时候，我们才能掌握它、感受它，否则，只是"听说"，或者"自我幻觉"而已。也就是说，中国的改革开放，并不是一开始就有一份很精密的计划，一气呵成。而是下定决心，认清楚世界和它的关系，认准了发展是硬道理的方向，在主观客观的时机当中抓住了感悟。正如一切美好的事，一样需要恰当的时机。所以有建设性的失败，再多次都是有意义的。有意义的好书自然就不厌百回读，因为每次都有收获，好戏不厌百回排，因为都有观众喜欢。但是在这些"不厌"的经历当中，他也在等我们的心灵做好准备，达到成功、成熟的"时机"。所以时机才是造不厌的动力，反而不是好或者不好。好不好有的时候只是见仁见智而已。

我不好意思说拍这部戏有多历尽艰辛，但是一百多个工作日，让我对一个角色和社会互动的关系，却是感受良多。像这一类的电视剧并不多，因为它不是爱情片可以参考古今中外的题材，它也不是典型的政策片专打高空、重宣传，它只是默默地在诉说一个家庭，在温州这个先发城市里，如何演变从"无"到"有"的过程，一个取材于生活，却又不掩盖事实的创业片，以一个小人物的家庭活动为缩影，写意了中国改革开放在经济上的成功。

温州，总人口七百五十万，却有两百万人在外经商，足迹遍布中国城乡和世界一百八十多个国家和地区。

最早的民营经济始自温州，集体经济（股份制），以轻工业为主的经济，一种两头在外的经济，走出去的经济，构成了"温州模式"。温州商人，被称为"东方犹太人"。

中国改革开放的经济奇迹——穷则变，变则通。中国人的创造力，似乎总是在磨难中成长；在不断地学习前人的成就；在古今集体的切磋与讨论之中"精益求精"；在既有的成就中，默默修正，有所发展；从没有计划中的体会，变成有计划的主导权的掌握。这个年代，就是我刚刚演完的、你我的《创业年代》。

《创业年代》这出电视剧又名《温州一家人》，这是我第二次用文字提到它。希望中国许多成功的企业家们，不要太急。因为你们的步伐已经太快了，成熟的企业好像应该是"快跑"和"慢步"同样重要，希望中国的年轻人，要"耐烦"，不要被进步太快的社会搞得晕头转向，而打乱了你们的初衷，迷失在改革开放难免会有的乱流中。过好你自己，把假的先变成真的，伪就伪，善就善，千万别上了伪善的当，像我一样，那对未来就会哑然无语。做一个好人，过好日子，需要的是勇气，而不是机会，机会天天都有。做一个好人，或者一个老好人，改革开放的大潮，才不会走歪，走散。社会是你的，而不是你是社会的，一切，由你的善良和勇气做起。那么再令人失望的社会，都能够历百劫亦可以复生。

2012 年 2 月

温州一家人

在中国的温州山里林间，穷了世世代代的一家人，随着中国改革开放的浪潮来了，举家冲出了一成不变的贫困生活，却闯进了一个未知的明天。没有受过学校教育的户长周万顺，是有目的的，一个坚强而热情的目的——让世世代代的子孙过起好日子。

可是，生命从来就不是一个稳定的事务，稳定，只是文明的制约或制度造成的，而且会自然有它的韵律存在的。那么，在诡谲多变的大环境中，现实的人间虽然很局促、很样板，但是人们想象的天地，却可以何其宽大，辽阔，深远……

周万顺一家人，有的时候为了脱贫致富，去拾废品、抢废品、卖伪劣的鞋子，甚至到生产伪劣的鞋子，后来遭受法律的制裁关在牢里，他又得到了反省和再出发的活力。没有知识和经商经验的一个农民，眼神里几乎透露出来一种像动物在寻找食物、商人在嗅闻商机的眼神，从不间断。

　　他把九岁的女儿送到意大利遥远的国度，托在失去联系的亲戚家中。女儿一去就好像断了线的风筝，把自己交给狂风，在命运的摆弄中，绞尽小脑汁地去生存。一个小孩在他乡异国，是很容易在流浪中迷失，或者毁灭的，但是她没有。儿子呢？想出国，十三岁了，而周万顺不准他出国，父子之间总是意见不合，常有叛逆或者父对子的家暴产生，后来儿子受不了父亲恨铁不成钢的教育，多次的争吵、顶撞、沟通、相拥，又撕破了脸，又再度互相关怀、互相谅解。儿子不再被荣华富贵压迫，只安心与陕北高原上的牧羊女，过着一路争来、寻找来的幸福日子，在山区小学里当一名代课老师。

　　老婆与他本来就有点"贫贱夫妻百事哀"的味道，但是赚钱使他们的关系得到鼓舞。只是真的不是每一个人都应该具备了"乘长风破万里浪"的勇气和兴趣。万顺的老婆，很希望一家人不要分开，见好就收，但是拗不过周万顺。他屡战屡败，她始终相伴，始终相随，可是最后出现了一段无法沟通的摊牌——去？还是留？她走了，剩下周万顺一个人。全家四口其实都四散在各自的角落，后来，她又回来老公身边，离不开，一家人的感情太深了，她认了，也更踏实了，她的包容和理解成为他永远的故乡，被他紧紧地拥抱了。

　　其实周万顺这个人，虽说是有一种温州人特有的热情、勤奋的个性，甚至是一种梦幻式的乐观派，但也具备了温州老乡里很常见的一种"赌徒个性"。他的一个决定，改变了全家人的命运——女儿被迫远行，儿子赌气出走，妻子离开遮风挡雨的家，一夕之间四散天涯。他是天生的赌徒，几场创业的豪赌，在没有市场判断、没有成熟的专业下，令他倾尽所有，祖屋、家产和全家人多年的积蓄，全进去了，祭了他的发财梦。他的手气其实不好，名叫万顺却万事不顺，他输过很多次，坐过牢，欠过债，在最四面楚歌的时候，他抬着棺材上阵。这一家人，有的在温州，有的在东北，有的在欧洲，有的死守陕北的油井，一次次跌落谷底，一次次又重新启程，他们几经大起大落的人生，探寻着一个又一个未知的世界，将有限的生涯，寄托于无穷无尽的"际遇"之中。终至——成功（它的定义大概是：不再彷徨吧！）。

而这一家人的奋斗史，如同述说了过去二三十年，温州人充满勤奋不懈的岁月，而且被拍成了电视剧，观众看了大多有励志的感动。温州人看了不一定是励志而已，而是普遍有一种共鸣，再加上一些光荣和深刻的回忆。一步一脚印，温州人已经悄悄地、自然地又迈出第二个改革开放三十年的步子，无可限量地走出去了。

这个电视剧，在中共十八大召开期间，由中央一台黄金档播出，一路收视率第一到收播，这个故事是高满堂先生的剧本，演周万顺的是我。我尽力地演出了，也沾光了，继续加油，船过水无痕。

2013 年 1 月

《温州一家人》剧照，我演出的角色叫周万顺

生生不息

　　年轻时候随着命运的安排，喜欢上了戏剧，先是被黑胶唱片里的京剧吸引，继而去演出的现场看，其实运气还不错，沾上一辈人时代的光，看到了台湾五十年来演出水平最高峰的演员表演，从他们的年轻时光，生、旦、净、末、丑，再看到他们的中年巅峰期，弥足珍贵……

　　又随着时代的变迁，京剧舞台上的人，愈来愈抽离，甚至快速消失，被迫改行了。让我们深深的遗憾过后，反而看清了一个问题——大概自古以来，"文化"这个东西，还真不是一个好被人控制的事情，已经不被那个时间里的人继续喜欢的时候，往往也就是那个文化要跟大家说再见的时候了，一个文化要跟那个社会说再见的时候，必定是被人们的一种新的文化，或者新的希望所取代，哦！原来这个世界上，每当一个新的幸福要出现时，必定会对其他的幸福，形成挤压？

仅有的一切　就是"生生不息"

政府想花再多钱，去复兴那些文化，挽留它们的步伐，经常是徒然的。生命本身就是希望，新的生命就是新的希望，在这种生生不息中，一切旧有的"文化"，看似被淹没、淡忘，其实没有，不会如此悲观，它们依然安置在看过它们的"人们心中"。当那些已经不再被广为人知的文化，在以前的许多粉丝或"知心"人当中，得到了安置。如此，在我心中，它们的美丽就更加美丽，它们的哀伤不再哀伤——因为有了新的希望，新的补偿！世界没有停过，一如当年初识戏剧的我，对戏剧的欣赏渴望，没有停过。说到这，我感恩内地观众朋友，让我的岁月不至于浪费和虚耗了。

没有一门艺术是绝对的，我们原来所喜欢的东西、所爱恋的事物，都不再是"仅有的一切"，随着时间、随着生命带来的希望……都他妈的会被取代，没有什么"绝对优秀"，也没有什么"不过如此"，这个世界的舞台上，仅有的一切，就是一个来自于天地之间的——生生不息。

所以，回眸一下自己亲身参与过近三十年的"舞台剧"……有过创作的热情，也有过幼稚的错误，有过许多观众的喜欢，也有过更多该被人知而却未必被人知道的错误。尤其是台北舞台界的各个剧团，过于自我肯定的普遍性，似乎已经形成了一种"观众的哀伤"；而自知自觉地愿意去揭露自己的不足，让后来者可以有前车之鉴的文字或态度，其实并不常见。"文艺"这块领域，缺少了不可或缺的"文艺精神"，却被商业考量、商业机密给影响的时候，莫名其妙的骄傲与惧怕，都会弥漫在各个剧团中，剧团团主的人心，就容易失去自我作主，而被外界的宣传和炫耀给恶性循环……不承认错，夸张地说自己好，容易被批评激怒，总把反省着重在票房而不在作品。自古以来，承认错误，分析错误，本来就不容易，让当事人自己说出来，更是不易。

几个重要的剧团，都快三十年了，创作和生存，变成团主们的一个孤独的行囊，每个人必须亲自背负。每一朵花，只能开那么一季，但是花树（观众）会继续存在，春天继续来……所以我才敢说：舞台上的那个"仅有的一切"不是某个作品，而是来自于天地间的、互相影响的"生生不息"。

学会不自恋自怜 是重新成长的开始

不骄、不惧是真自由，多年来在付出的舞台人啊！希望你能够在坦然付出之后，获得真正的自由。看戏的人太聪明了，永远没有"绝对优秀"或者"不过如此"的演出，只有诚实与不诚实的态度，而已。你们自己看着办！我不作主很多年了。

生命就是希望，新的生命就是新的希望，它们学着以前的一切，去推翻以前的一切。已经开过的花儿们——学会不自恋，或者不自怜，是重新成长的开始！不管是干什么的。

请各位文艺界的精英朋友，或者我认识的朋友，一块手拉着手，吃碗馄饨去……

我们之所以会形成亲密的关系，在于多年来真正的分享，而不是批评。分享欢乐，分享艰辛，分享痛苦，分享哀愁，分享思辨，分享愤怒，分享寂寞，分享错误，分享……

2013 年 6 月

活法

我现在正在中国青岛拍一个电视剧，剧名就叫《活法》，顾名思义，是想让观众看到一些人活着的方法，或是说：活着的态度吧！

剧情大意是说一个退伍军人，下海从商，在兵不厌诈的商场做了违法的事情，被判入狱，下狱前把妻女委托给我这个同僚。我被他在战场上救过一命，所以就承担下了照顾母女俩的担子。而我自己是一个离过婚带着一对儿女的单亲父亲，后来朋友在狱中表现优良，争取到提前出狱，只关了十三年，不短的十三年。

听来这故事应该还可以。剧本如果写得好一点，似乎是可以看到各种人的各种活法……其实不然，基本上这个剧本写的是"四分五裂""一盘散沙"！但是大家都接了这个戏了，是不可能言退的，整个剧组就是离了弦的箭，可是飞行到了五分之一，就几乎同时发现，目标不见了！

一个戏的目标不见了？！演员就不容易驾驭角色了，甚至觉得失去了自己的价值。互相扶持来共渡难关吧，可是这又不是每一个演员擅于去做的事，当演员在演着演着，演到一半，找不到目标来引导的时候，自己会慌张，又无助，因为剧本停下来修整是不可能的，只能透过演员自己的体验，现场拍摄途中做一些微调，或者在演出每一个片段的时候，尽量让角色像一个人，而非行尸走肉。像一个人，或者像一个人在说话，其实不难。可要整个剧看完之后，让观众能看到一些人活得很精彩，很痛苦，很快乐，很沉稳，乃至于看到自己应该要怎么活，那这个戏是办不到了。你总不能告诉观众：我们辛苦拍了三个多月的戏，叫做"一盘散沙"，真的很散，散到好像都在各顾各的了，演员演自己的，导演导自己的，摄影师忙着指挥灯光，安排摄影机的位子，只拍自己的，不出什么明显的大错，就过，就行。拍到今天三十天了，我看着青岛的海湾，要是再年轻几岁，我会二话不说，跳进海里，一路游回台湾去——气的！

现在不能赌这种气了，知道赌气没用，气死了是验不出伤的，那就跟大家相亲相爱吧！反正编剧也失踪了，导演说，他就算不失踪也改不了什么的。这戏还没拍完，仿佛已经看到价值比较的下风了，以后上片开播的时候，还要回来宣传，宣传一般只能说好，没有人会说如何如何不好的！那怎么办呢？到时候搞失踪吗？不行，这不是我的"活法"啊！

在台湾你不高兴就骂骂人，骂领导骂官僚都没事，这里不行，这里是相对缺乏幽默感的地方，你不小心幽默一下，而且还是在媒体上，是会倒大霉的，所以要与人相爱，要彼此肯定，拍出来的活法到底活不活是一个问题，私底下、生活中、工作中，各活各的又是另一个问题了……看到青岛地铁的工地当中，高挂着两句鼓励工人的标语："勇于争先""永不满足"，始终觉得，鼓励性并不大，后来看着看着，如果把"于"和"不"两个字互换一下位子，嗯！就很真实了。

神啊！愿我们时时感觉您的同在、您无止尽的荣耀。让我们的世界，因信心与坚毅而常有光明；也让我们的生活，藉着某些编剧的胡乱编造，而奉献出连我们自己都想不到的芳香；也愿我们的观众朋友，以及周遭的同仁，他们的生活，他们的世界都充满着您所赐予的光明，流溢着这些在异乡的演员们，鞠躬尽瘁死而后已的一种芳香。愿我们，时时感觉，彼此与大家，同在！每次这般冥想完，"杀戮"之心就会消掉很多。

智慧如救火，要点在时机。在电视剧里，一般是点不着……惭愧……电视剧里的"读万卷书"，往往只是读到摘要或读结论，"行万里路"，只是坐上飞机，没有经过沿途跋涉的辛苦。

以上，只是我今天晚上的心情与念头，而已。

2013 年 9 月

《活法》剧照

别让人"猜"我们

天下的文章、艺术品乃至教育、爱情、万事万物，都在"表现"；或是说，都在呈现出一种自我的"表现"，有意的，无意的，都在存活期间不停地"表现"。随心、随兴、无心、无性都是表现，许多杂念、妄念，没有结果，没有目的的心思，也都算是表现，只是被不被人看到或知道而已。

所以我们只聊一聊能被看到、被理解的"表现"吧！"表现"这个行为需要地方。舞台，就是一个人类最早发现的、供人"表现"的地方。崇高而又庄严的表现，通常不需要一个众人所瞩目的舞台，因为生命本身就是了，活着就是了。

其次的行为，都需要一个属于它的地方或舞台来表现。表现手法又暗示了提供"表现"的人或人们的许多心思、情意。说来说去，表现想被人知道，需要练习，练习到成为一种习惯，而习惯又有好习惯、坏习惯，我们不能让不良的"表达习惯"误导别人，不能让人家老是"猜"我们，"猜"成不是真正的我们，我们真正的情意，尤其是当我们心中有想法或者有爱的时候。心中有爱，不论什么爱，而不加以表达，对自己和对方都不公平，都像杂念、妄念一样，都是一种浪费，一种遗憾，因为你没有准确地表达，他怎么知道你"爱"他？而不是什么别的"心情"？

　　每次去看一个戏、一个画展、一本书、一篇文章，甚至一个路人，都会不经意地有些收获或感触。不是我厉害，是人家会"表达""表现"。不知不觉地，也有根有据地发现：分属于十二个星座的各种不同的人，活在这个世上，古往今来地一直在表现，表达他们的心思，他们的艺术。生命行为最大的一块，不是努力，不是懒惰，也不是它们的结果，而是它们的全部，只不过可以分开表现叙述而已，也可只谈中间，甚至只有一个小小的"告诉"，对方以及大众就可以收到了，就有可能知你、认你，或反过来滋养、安慰对方。哦！原来表现的另一层意义，就是要被知道、被鼓励、被欣赏，然后，才接受被批评、被责备。那还等什么，该告诉谁就赶快告诉谁吧！只是别说谎，别把不良的"表达习惯"，放在舞台上，浪费时间。因为"表现"并不是可以被无条件地欣赏或赞美的，跟阿谀或自恋更是截然不同的两回事。舞台下的人确定是想来被滋养、被触动以及被安抚的，所以他们对舞台上的你是关心的，是有期望的，他们才能对你提出鼓励，他们也需要穿好了衣服买好了票，去表现。这样一来，爱才会形成回响，否则爱，可能只剩下自己鼓励自己了，这是很婉转的话语。

在舞台上当一个作品言不由衷的时候，别人是会感觉到的，所以出于不自私而真诚的关怀和责备，和表面没有深切自省的包装，在效果上真的会大有不同。文章写错了或抄错了，要先自知，然后道歉。和志同道合的朋友势力壮大了，利益既得了，别忘了对别人不要幸灾乐祸，还是要义气相挺、爱的激励，让自己和自己人可以达到成长的更上一层楼。

我说话的语气是不是愈来愈像一个"好为人师"老头？我不是怕老，我是怕伪善，那就真的老了，就没什么好表现的了，"老狐狸""衣冠禽兽"，有什么好表现的。

我最近会想到，在二十二年前跟好朋友一起创作的《台湾怪谭》，要不要再来合作一把？第一，我的体力和关怀台湾的心还够不够；第二，台湾已经处在一个更见怪不怪的境界；第三，不要再"台湾"怪谭了吧？至少是来一个《台湾人怪谭》，抑或是一个《中国怪谭》？也不行，中国太"强大"，"不许"怪谭，那我跟我的老朋友要怎么"谈"呢？

我想起了小时候家里的一些对联：放怀于天地外，得气在山水间……春来也鸟语花香，秋去矣山明水秀……春前有雨花开早，秋后无霜叶落迟。想当然尔。

在人生的舞台上是否传达了"爱"，以及是否有爱"可以"被传达，才是重点，因为人家是穿了衣服买了票来的。说了这么多人生舞台上的事情，我反而突然间忘了，什么是人生？！

2013 年 12 月

1991 年，跟好朋友一起创作《台湾怪谭》，闲暇时拍了这张

喜剧真难

中国在去年的一年中，浙江卫视所举办的《中国好声音》，收视率极高，给观众带来了很多新鲜、刺激而又有想象力的视觉、听觉快感，算是电视综艺歌唱的好节目。

可能是成绩和影响太好，所以《中国好声音》的班底，就想依着前次的举办经验，乘胜追击地来办一次《中国喜剧星》的节目，找了四位评审老师，其中一位是我。新的麻烦来了，原因是社会上会唱歌的人，一定比会演戏的人普遍，所以在每一个小角落里都能听到几个偶尔歌唱得不错的人，但是很难看到一个人在酒吧里或社区当中表演戏剧，尤其是喜剧，如此一来，海选的人数肯定就少，先天上缺米，就很难为精彩之炊了。但是不去也不行呀！已经答应人家了。

看完第一次初选的学员，表现出来的喜剧，都是"训练不足""勇气可嘉"，而又可以被期待。所以点评起来，要绞尽脑汁地说出不伤人、又鼓励人的厚道话，而且得是真话，因为观众的眼睛是雪亮的。表演得很幼稚又不成熟的学员，你可能要先赞颂他们是"大人者不失其赤子之心"；表演得乱七八糟、章法不清的学员，你可能会说他看起来精力充沛，情绪高涨……起码这也是一种喜悦等等；表演得让人完全笑不出来，甚至到看不懂的地步的学员，你先要吸口气，沉静下来，告诉他在表演的时候，"肯定自己"是很好的，但是更要顾及看你的人，或欣赏你的人会怎么感受？表演得只求快点结束而又囫囵吞枣的学员，虽然你恨不得站起来再演一遍给他看，但是你还是要称赞他"完成工作不容易"，关心地问他："实现一次自我排练和创作辛苦吗？"

还有一种人，表演完了很平静，从头到尾没人笑，他好像也了然于心了，很认命地站着等你评，你一定要微笑地先谢谢他"心无挂碍"地完成了表演，"您这种接受命运的态度，真是人生很大的一种启发"……等等评审老师该说的"真话"。

演员都会希望自己所演出的东西，被人看懂，被人喜欢，但是有心栽花花不开的现象，有的时候也会很多，所以包括老演员在内，至今还不会演喜剧的也不少。想学演戏的年轻人不少，也不多，学得顺利而又能成家的人当然相对地又少了一些，都想突出，都想成名……但是，"佛渡有缘人"，电视、电影并不是每个人都可以去学习学习表演的地方。

演员对自己表演能力的了解，一个个阶段都要清楚地知道，你的表演内涵是真诚的，还是已经熟练到可以不需要瞄准就放箭，前后两者都可以找到问题，也都可以避而不谈地混下去。

"喜剧"，自己都还在摸索学习，就要当评审，真是一出正在发生的喜剧……老实说，只要你有办法让人笑出来，你就已经靠近喜剧演员的边了，所以滑稽是喜剧的特质，懂得滑稽制造的人，就先掌握了喜剧的能力或节奏，哪怕是在胡闹的场合表演，也会被懂喜剧的人变成欣赏的意兴。

而幽默，就好像是以不正经的态度，去看待一本正经的事务，以故作轻松的心情，去接受本来严肃的事务，故意用偏离主题去打破定见、打破陈规的欢愉的观点，去重新诠释这个纷纷扰扰的世界！让人看到"轻松""轻快""举重若轻"。

喜剧——太难了。它反映的是一种自由自在、轻松有余的状态与心情。好的喜剧演员再累都无所顾惜，因为提供别人喜悦，是让自己更快乐的事情，它没有委屈，也不是什么"小丑的辛酸"……我就是随口说说。

2014 年 2 月

承蒙浙江卫视厚爱，担任《中国喜剧星》的评审老师，
度过了难忘的四个月

评审老师一定要说真话

掌声响起

承蒙浙江卫视厚爱，担任《中国喜剧星》的评审导师，度过了难忘的四个月。

节目组制作团队算是很强大的，也花了不少钱聘邀了四位导师，拿人钱财与人办事是其一，为了观众，为了自己的服务态度是其二，这一跟二加起来，焉有不尽力配合，不效犬马之理？也是因为自己真的付出了，所以最后一集录制时，也是百感交集，好的居多。因为参加比赛的年轻学员，太可爱了。可爱的原因很直接，因为他们让你觉得，他们太应该被过来人爱了。回到台北，又到了阴沉沉的雨季，撑着一把老忘了换的破伞，往来于新店的住家和小碧潭地铁站，脑子里还是想着片片断断"中国喜剧星"的参与所留下来的一些后续，什么后续？

赛完前半小时，我要带领十几位我的学员，唱一首凤飞飞的《掌声响起》，用聋人手语来唱，大家都是跟手语老师练了两个小时吧，现学现卖。凤飞飞其人，其歌，其时代，其影响，在那些人当中，应该属我知道最多！因此，感受也最多吧！

狮子座的她，在舞台上的歌舞表现，尤其是歌，唱起来轻松、轻快、举重若轻，却又情感丰富，令人触动。她很本土，也很大气，很拘谨又很热情，在歌坛规规矩矩了一辈子，在大约的高峰期（她高峰期很长），出了《掌声响起》这首歌。她每次唱这首歌，我都觉得她像是一个完全付出过的大姐，为了家庭也好，为了唱歌的努力也好，为了感谢老天也好，为了答谢观众也好，都显得得体而幸福。真是非她唱才好听的一首歌。

我好像有十几年没再听过她什么歌，这次为了表演而排练的聋人手语歌，更"妙手生花"地丰富了《掌声响起》的视觉效果……"想起初次的舞台，听到第一声喝彩，我的眼泪忍不住掉下来，经过多少失败，经过多少等待，告诉自己要忍耐，掌声响起来我心更明白，你的爱将与我同在，掌声响起来我心更明白，歌声交会你我的爱……"手语练得稍微熟练之后，感觉就更出来了。

以前我不觉得我可以唱好这首歌，这次站在舞台上，身后又有围成一个扇形的十几位同学，统一穿着黑西裤、白衬衫、黑吊带，都是参加过这次比赛初选、复赛，一路走来的学员选手，随着凤飞飞饱满的歌声，美丽而感人地把大家的心情都呈现出来。导播问某些同学为什么不开口唱？同学说："对不起，我是快哭出来了，是为了忍住，才只动手语……"我才更感受了这些选手，这些年轻的舞台战士，这几个月来的阅历和成长，像魔鬼训练营，如今结训，要离开了，即将投入不知名的另外一个战场，再度地去成功、等待，抑或失败。

　　因为这些同学，因为我自己的参与，也因为《掌声响起》这首歌，再度使自己觉得，人生就是一连串的挑战自己，尤其是年轻人，要有思想准备，要勇敢，要懂得求助，要懂得让自己保持一个轻松的心情去应战，要懂得在困境中"苦中作乐"，因为路途遥远，所以要作好计划去进行，永远让自己在精力充沛的时候出发，在筋疲力尽前躲起来休息，要坚韧不拔锲而不舍，要一计不成再生一计，要打不过就跑找到救兵再来，要懂得卷土重来……要"行于所当行，止于所当止"。那么，掌声响与不响，响多久？为谁而响？就都不重要了，因为你大概已经是"从心所欲而不逾矩"的老兵了。

2014 年 5 月

艺术的"流"与"通"

　　很多年轻人对表演感兴趣，被"表演"这个事情吸引，我们大家当年也都是这么开始的。可是有太多有兴趣的人又没有办法进入理想的专业学校去念、去学，糊里糊涂的青春就被蹉跎了。

　　最近在网络上看到一些年轻人，组成一个队，在教、吸收更多踢踏舞爱好者，有年轻人会去跟他们认识，跟他们学，还有小孩也学。这个方法有效，真让人看到希望，因为这种方法，就像是外国的"寓工作于生活"的遍地开花型。

　　四十年前，我去看刚从海外回来的林怀民，在南海路发表个人独舞《寒食》，很多人就站着看，林怀民就在中间抱着一大团布丢来丢去地跳着，接着学者专家如姚一苇老师者，便在《幼狮文艺》上发表文章，大加赞扬，云门也就很善巧地开启了在台湾遍地开花的岁月。

如今不同了，大雅和大俗都得善加利用媒体，利用网络，利用你每天空下来的时间，去经营它，去寻找或开创你自己想要学或者想要表演的"地方"，去找到"同类"。

整个生活已经没有什么个人专属的特权或渠道，其实台湾的文艺训练环境是愈来愈公平，只是没有人出来大力提倡或者方法比较急。推广或者学习一种表演都急不得，但是不能停，不能傻等，不可蹉跎。

整个生活是一种对流，因为你动，大家而有互动，因往而来，因来而往。不能关起门过日子，不与外界交流沟通，除非你有了自给自足的秘方，成了武林高人练神功，不可外漏，那另当别论，我祝福你。要享有一身表演本事，或者要想找地方呈现自己所会的玩意，就得多跟社会来往，各种有利于你学习或者表现的来往，别老沉溺在聊天、谈理想、论人生这种类似文艺人，而又没真的上过战场的边缘人。

让自己实际去做，静下来谈，打通里里外外的知觉。因此，通与不通，或许就是生活的艺术之所在了："流"和"通"。

现在的艺术创作跟一百年以前的创作环境大大不同了。有的幸，也有的可能不太幸运，但是整体来说，学习的机会肯定比古代好，端看怎么去找、去学。

不怕"成名"离你有多远，只要去练，就怕"得道"与我永无缘分，那就有点老来慌了。想起一位很年轻的出家人，微笑着对我说："我不要成名，我要成佛。"

当我们努力地要有表现的时候，其结果往往就是过于促迫。先把拘谨拿掉，该问就去问，该练就要练，想学就去学，学了之后要不断问自己"我为什么要学这个"，如果答案是经不起考验的，是虚的，还来得及修正。必须找对老师，交对朋友，因为在学习的路途上，很容易被别人（包括自己最亲近的人）的情绪、看法、说法影响了专心，所以老师很重要。这年头挂羊头卖狗肉的假老师太多，多得不胜枚举。通常我们在刚对表演或者任何一件事情有兴趣的初始期，太容易像是给倒影搅乱的池水。好老师不会故意搅乱你。

所以学艺术不要拘谨，只要小心，否则操之过急。太想成名，容易让我们中心思想乱了，一旦你的思想乱了，学习的心态仓促而拘谨了，恐惧、怕失败的旋律就挥之不去了。

2014 年 10 月

《冬之旅》像一场梦

　　如果人生如梦，我们会想要在梦里做什么？怎么做？为什么要做？这是本能，然后……终究是一场梦。苏东坡用干杯面对"人生如梦"，意境深远而宽大。我不是他，我只觉得，既然都在梦里了，那就尽量别再给自己找麻烦，就尽力地别烦恼了。可是梦这回事，也不一定是人能规划的，所以"因缘际会"自然而然就成为梦中的盼望了。

一场美丽的跨越

　　今年，应赖声川导演的邀请，在开会和询问过两次后，终于，还是因为想圆一个梦的缘故，高兴地答应参加《冬之旅》的演出。编剧、导演、演员的阵容，使我很荣幸地参加了这个组合，既然对我而言这是一个"如梦之梦"，那么我剩下的工作，就是好好地尽一切努力，把它呈现给观众，对我，对谁都是一场美丽的跨越。

《冬之旅》，讲的是两个很老的老朋友，动不动就多年不见，年轻的时候是非常要好的同学和好友，后来在"文革"时期，因为环境所迫，我饰演的"陈其骧"，是位诗人兼翻译诗的人，这个角色出卖了我的好友"老金"（蓝天野饰）。到老了，我应出版社之邀，要写回忆录，少不了要提到当年两个人感情变化的经过，就来拜访他。老金看到我来找他，冷漠到极点，几乎句句话都是泼冷水，要不就是由衷地挖苦我。第一幕到结束前，观众已经看到人与人之间的怨恨和道歉行为，原来是有可能无法复合的，中间没有误会，就是已经造成的伤害，和一份想道歉但是说不清道不明的感受。做人，以及做一个凭良心的人，在人性冲突一发不可收拾的生命过程中，一切都显得很无力，最后，人性的努力渐渐飘走了，浮出来的是那个时代……

　　古今中外，有许多时代的人们，在其一生中，都有一些难免支离破碎的状态，或者一些冷酷的机械生活，这中间，环境扮演了很大的主观影响，环境主观，而人心却失去主观的时候，那真是天凉了，候鸟远去了，人也没有了自由自在的"完整人格"了。但是，如台词里所说的：我相信心灵，人有心灵！心灵似乎比灵魂还要自由，在任何环境里，当你真正地付出过后，你的心灵比什么都更有条件获得自由。有没有例外呢？没有！因为我更相信驱使心灵活动的规则——因果。所以，愈艰苦的环境提供出来的智慧，可能愈高，《冬之旅》如一场梦一般，上演了。而它所呈现的智慧，人的智慧，见仁见智吧，我尽力地演，您，随意地看。

戏在二〇一五年一月十六日于北京首演，这是我第一次在大陆演舞台剧。

蓝天野老师 [①]

今年能跟天野老师同台演出，更像一场梦……

他虽然在演出的量上面，数十年来不一定算是很多的，但是在表演的质上，早就风格独特已然成"家"！我在二十三岁，也就是在三十年前，就被他的表演深深吸引，《茶馆》里的秦二爷，对我当时的表演有着启发性的影响，我细细品味他的表演，感觉挥其余香亦可名家。老人家在这次的排练和演出当中，锲而不舍地用功、用心，使我感动，八十七岁了，比我还大上二十五岁！！两个人在台上不下台，一百一十分钟，其专注力、体力，超人何止一等！既然我在心里已经认他为师，则终身为师，这出戏，我怎能不点滴在心头地陪伴他老人家身边？感恩。

万方女士 [②]

万方女士与我同年，是一个细心而又理性的处女座，这个剧

[①] 中国资深话剧演员、导演，曾任职北京人民艺术剧院多年。所诠释的经典角色有话剧《茶馆》的秦二爷、《蔡文姬》的董祀、电视剧《渴望》的王子涛、《封神榜》的姜子牙等。

[②] 著名剧作家曹禺之女。现为中央歌剧院编剧。一九八〇年代开始创作小说，同时创作舞台剧、电影及剧本。

本，是近十几年来，我演过的最好的一个中国剧本，戏剧性、文学性，都溢于言表的好本子。这是经过一个多月，一遍又一遍的排练之后，经历之际，我才能掌握知觉地感受它，赞美它！

这个剧本讲的就是人性的深处，难免会有一些最过得去和最过不去的地方，人有七情六欲，也有如净土般的心灵，人的内心可以很大很大，也可以很小。人心不会一成不变，也不该一成不变，因此会有许多恩恩怨怨，造成了人与人之间，无法跨越的环环扣扣。有人可以因势利导顺其自然，利用遗忘来活下去，有人则想坦白清楚地交待一番。所以要如何顺性而为地表现，就成了一大艺术，甚至艺术的本身就是表现了。让一个悲伤和耻辱的故事，奔涌而不崩决，以象征代替了实际，情绪依然可以抒泄，不用虚饰而是实情，即体现了人性，也把持了自我，在惊心动魄的故事中，可以优美自然地表现出历程。我看到我的老友赖声川，在那一个多月当中，把这个戏，照顾成如此这般。

或许赖声川又碰到了我……我们当年那种难以取代的默契……同时，我经常会怀念起国修。只有我们三个人能明白的，那个曾经有过的时刻。

2015 年 6 月

《冬之旅》剧照，蓝天野饰老金，我饰演陈其骧

我尽力地演，您，随意地看

这是我第一次在大陆演舞台剧，万方女士编剧，我的老朋友赖声川导演

能和蓝天野老师同台演出，更像一个梦

Chapter $\boxed{2}$

幕后人生

入睡后做梦前

"日有所思，夜有所梦"，"思"的时候，人是清楚的，还可以跟别人讨论来去，但"梦"往往就变成了非逻辑的、零碎的、杂乱的，或者是"意象式"的东西。似乎白天的那些思想，到梦里就被融化了，成为另一种语言或者状态。这是梦，起码还有画面，那在入睡后，做梦前那一段是什么？是睡着了？睡着了代表着什么？停电了？不算。死了？不算。没知觉了？不算。大概只能算没有办法知觉了。

我为什么要说这个，而且要这么说呢？是因为有一天，我看了一下《西藏生死书》（一下当然就是只有一下）。有一年，我听过一个出家人传法，传的是"梦里修行"。他说一位真正的修行人该做的，就是不分昼夜，持续对"心性觉察"的分明，直接使用睡梦时的不同层面，来"认识"和"熟悉"临终死后所发生的事情。为了不浪费时间，做梦和睡觉的时候都有工作可做。可惜，我没有用心听！因为要听两个礼拜，还得做笔记。这还只是初步的初步，可见宗教的最高或者说最专业的领域有多深多细，要坚守"戒"才能"定"，才有可能"慧"。光是说，像我这样，一点用没有，弄了个半瓶不到的水，自己瞎晃荡！

如此说来，古人"废寝忘食"地做一些理想中的事情，都是觉知性很高的人哪！你别看我经常跟家人、朋友聊天的时候，总会谈起禅，谈到"泰然自若"，谈到"从心所欲，不逾矩"，那只是我在说，在盼望，完全不表示我能去做了，更不是已经做到了。这两三者的境界差太远了。

其实我在生活、工作、休息，以及高度理性的谈话或者思考中，都经常或多或少的进入类似"入睡后做梦前"那个阶段——不明就里的空白，没有办法知觉的状态。那位出家人说，如果我们在那个阶段可以知觉到，而且使用它去如何觉，那么我们生命中的生或死就都是清醒的了，而且清楚了。天，那就算某一种证悟了？也就是完全不再迷惑啦！比孔子还厉害了！而且我们的日常状态跟那种状态的关系，就是邻居关系，只是看我们愿不愿意串门或者搬个家了。当然这个搬家不太容易，兴许会丢三落四，半神半鬼起来，甚至于利用修行来装点自己，逃避自己生命中早就知道的遭遇。

反正，《西藏生死书》好看，好看极了，可是容易不想去多看，多看了觉得丢人，觉得自己太坏了，什么念头都有。其实像我这样，是生不如死的，可是我还不明白"死"是怎么回事，所以就算真死了，又大概是"死不如生"，可见死了比活着还难，难在不明白自己到底是怎么了。"好死不如赖活着"，中国人这句话的学问太深了。怎么体会还都对，那么剩下来的话就是：活着真苦啊——不是，是活着不用功真苦啊！

眼下，我必须在一个月之内录完二十四集电视剧，紧接着赶往北京，去拍下一个二十集电视剧，也是一个半月就要杀青，紧接着回台湾去排练那个要命的《奥赛罗》。以上三出戏，都是很智慧又勇敢的角色，我要去演他们，不能让他们来演我，你说可能吗？我这不是自找的吗？光说硬话没有用，梦里又不会背台词，连一个稍微好的觉，都难得一睡，我靠什么呀！靠家人对我的爱、对我的期盼，还有自己这一副"执迷不悟"的臭皮囊。别出毛病，出毛病谁也帮不上忙了。自己的麻烦，非得自己心里明白，否则不可。

2008 年 5 月

铁杵磨成绣花针（上）

我小学五年级的语文课，有一课是《武训兴学》，全班都要会背的。"有志竟成语非假，铁杵磨成绣花针。古今多少奇男子，谁似山东堂邑姓武人！武先生，单名叫做训。兄弟都早死，父母又不存……"文字有韵背来不难，尤其是"有志竟成语非假，铁杵磨成绣花针"，这一句，深印我心。但是今天回想起来，光有恒心是不够的，还要看是针对什么样的事情的恒心。吃喝玩乐嫖女人有恒心，恒不了多久，一切都完了；杀人放火有恒心，随时会被杀，死了还更惨，会有因果。要像孔夫子一样，保持着长时间的一个清醒的守规矩者，太难了。这中间清醒最难，因为不清醒，规矩是成不了方圆的，也就是不会真有什么成就的。举个例……时光倒流……

我十七八岁的时候，台湾正在流行看电视上的职业摔跤、猪木、马场、铁头金英等等。马场的铁砂掌闻名江湖，世界高手，见掌变色。马场的师父，是韩国去日本打天下的力道山先生，他的铁砂掌，据说是跟早年的山东旅韩华侨学的，现在还可以在网上搜寻到力道山当年比赛的黑白影像资料。那时候的比赛还是真打真摔，不套招的，后来因为死伤过重，才研究出猪木、马场时代的套招式摔跤。

铁砂掌，不是比谁的手掌硬。比硬拿根铁棍就行了嘛！铁棍比什么都硬。简单地说，铁砂掌是吸取铁锈的精华，透过药水来泡手，让铁锈的物质，可以跟人的手掌和平相处，并存于体内，所以练习的方法和药水的配方，极为重要，否则，愈有恒心地练，愈危险。

当年，我正值阳光灿烂的年纪。说白了，就是年幼无知，羡慕力道山，不懂得高级功夫要有高级师父才行的道理。在我的忘年交中，有一位马师傅，终生以练武人自居，懂一点铁砂掌，我和另外一位同龄的戴朝南都想练，马师傅也想教，那就练吧！

练铁砂掌，当然首先需要铁砂，也就是铁豆子，要大小不一的，不能都一样大，那样会挤在一块儿，砂子不活。我们买不起汽车零件里的钢珠，就找了一个休假日，跑到铁工厂炼铁的残渣堆里，慢慢地挑出了大小不一、还带着刺的小豆子，约莫三十公斤左右。回去买了口大铁锅，生了火，把铁豆子放进锅里炒，还要加醋。说也奇怪，铁砂几经搅拌，迅速生锈，土黄色的锈，不是深咖啡色的。把炒完的铁砂，放进一个陶制的小缸子里，把缸子放到一堆石块上，与弯腰下去练的角度相衬。

第一式就是把双手伸进缸内由缸边捞向中间，将铁砂捞松。然后第二式是将双掌由铁砂顶端，自然地插下去。一开始，谁也插不了多深，手指自然会弯曲，就停住了。不能像电影上那样，下面生着火，人在锅边，很用力地乱插，那样很快就会出事的，尤其不能用火。第二式插完，再用力抓一把铁砂，算是第三式。就这样，连练三式算是一把，第一个礼拜，每天只练三把就停，如果感觉没有异样，开始每三天加一把，循序渐进，练完一个人换另一个人练。

缸旁边有个小火炉，木炭火，上面坐了一个陶壶，炖着中草药的药洗，用来泡手。那些方子的内容，至今我也不全知道，只晓得有一种有毒的草药，是拿来中和铁锈与练习者血肉的关系。还有醋，拿来美容皮肤。铁砂掌练得好的人，双手细白肥厚，肉眼看不到任何老茧，如果满手都有老茧，等于告诉别人，我练的只是庄家把式。药方本来必须具备的一味药，是鹰爪，以苍鹰的为佳，到哪去找鹰爪？铁杵怎么才能磨成针？下回再说。

2008 年 6 月

铁杵磨成绣花针（中）

　　练习铁砂掌的洗手药方里，鹰爪是很重要的一味。像铁砂掌、"鹰爪功"这一类需要靠精密配方来协助的功夫，过去被武术界人士称为"硬功"，这是一种统称。因为如果"鹰爪功"是由高深的内功为基础，那就不需要特殊的药水，就不属于"硬功"。听说不用药练起来是另一种感受，所以是两种浑然不同的练法，以前都有杰出的练家子。

　　练习铁砂掌的药方里还有一味很重要的药是鹰爪，以苍鹰的为佳。可到哪儿去找鹰爪呢？古代的社会价值观，或许把老鹰抓来，砍去双爪，用来炼药，还不会着人议论。现如今，讲求环保，老鹰本就不如古代多，你还把它的爪子给砍了，只用前面三个爪子，以及后面那个"趾"，实在不忍心，其实真要用，也不够用的。鹰爪前三后一，后面那根"趾"是最有力量的，掐死小动物全靠"趾"的力量，药方有它们，可以起到关键作用。可是当年的我们，到哪儿去找啊？跑遍了中药铺、武术馆都没有，反而在当年还没有拆掉的台北"中华商场"，有几家艺品店里，看到雄鹰的爪子，连腿带爪，四五时长，腿上系着一条大红色的丝带。我们看不明白，一问才知道，日本观光客喜欢买，日本人认为鹰爪是吉祥和力量的象征。真他妈的，不在自己家买，跑台湾来买了，都没人算过，台湾的鹰爪被买走了多少，而且那些鹰怎么办？

别提了，我们反正不用鹰的爪子了，改用了雄鸡的爪子，满市场都有卖的。但是，鸡怎么能跟鹰比呢？就像牛骨怎么能跟虎骨比呢！在根本的基因上，就是两回事，但我们还是用了。一年风雨无阻地练下来，手掌倒也没有长得像"鸡爪"。

我们两个，每三天要写一张很够仔细的心得给马师傅看。马师傅年轻的时候练过，没有练成，也没练出毛病，人很聪明，懂得取巧，他所练的功夫，也如其人，小巧、快速、固执、好强好胜，有几路拳与剑，练得颇有一些个人风格及美感，是用过功的。但是我开始时就说过，"高级"的功夫，不光靠苦练与聪明，那是庄家把式，练不坏人的。"铁砂掌"就不是说说想想开着玩笑就能练的功夫。我和戴朝南，身高体重，手掌的大小，都差不多，练到半年多的时候，已经长到五十多把，很大量了，要分二次练完。中间休息时，去小木屋外面的小空地上，站好马步，甩空掌，用力气甩，甩七八十下，才能把刚练完时快要爆开的手肘，稍微甩松回来一点，费力气，却也长功夫。

真功夫要长的时候，肝与肾的负担能力，就需要加强。戴朝南一个月的薪水大约三千多新台币，全拿去买新鲜牛肉和马师傅自己配的补肾丸（俗称大力丸）。我是个穷光蛋学生，学费都快缴不上了，哪来的钱补身子？每天看他吃一把大力丸，生嚼着，口角流出药香味，我就只能拼命地调息，吸空气，大气里有大自然的精华吧！不能跟他比就是了。他还吃牛肉，每天一包五十块钱的新鲜黄牛肉，在沸水里一涮，肉汁从红变白，就熄火起锅，稍微降温，他就连倒带嚼地送进肚子里。他天天吃，天天吃，都吃腻了，把我给馋的，羡慕的。因为真需要，而且真管用——眼看着他一天比一天壮，连走路都比我沉，我们体重一样，他的手脚就是比我沉，耐力也强，练到五十多把以后，还犹有余刃。

　　我们当时都有七十八公斤，他身轻如燕，我全靠经验。两人十九岁时，就横扫过当时太极推手水平还不错的立法院，那儿多半是太极名师郑曼菁先生的学生。也不是我们功夫好，就是力气大、脚步活，尤其是戴朝南，愈推愈勇，那两个手肘，像变魔术，挡他挡不住，躲他躲不掉，一不留神，就会被他锁住脖子，往下一按，对方就会在地上打滚。无数人吃过他这一按，无一幸免。我跟他太熟，他一举手，我大概就感觉到了，他按不到我，想要赢他，只能在前五分钟，靠手法、速度，或许能行，五分钟以后，我的耐力就抗不住他了。

　　"掌"练到八九个月的时候，两人都不太敢用掌去拍人或是戳人，我们都觉得，如果发起脾气，凭那股愤怒的力量，手掌要戳进一个人的肚子，不困难，至少，对方的内脏要请长假了。怎么愈听愈残忍了？这不是练掌的目的啊！

2008 年 7 月

铁杵磨成绣花针（下）

　　马师傅说力道山的功力，已经有七八成以上。天啊！我当时也不懂得问，这要靠什么样的比例来算，什么样的尺来量呢？只是马师傅的话，我们都相信，他到底比我们多练了三十年的武术，我们练了一年掌，练到了几成？不知道，我自己凭良心问，大概只有一成或一成半吧！戴朝南营养好，力气大，我想大概也只能算二成吧！

　　我记得我们都曾对战柔道的黑带选手。隔着厚厚的道服，稍微一使力，就能把对方疼得跳起来，掀开道服就能看到紫红色的三个指印，真没用什么力，感觉上是手掌自己要往里面跑的，对方总是惊讶又惊讶地看着自己被捞了一把的痕迹，非常费解地回想刚才的疼，想它们怎么会疼得这么不一样，这么陌生，又形容不清楚。我们自己没拍打过，也没抓过自己，抓也不忍心用力抓，所以也不知道是什么感觉，马师傅说那当然是铁砂掌的铁砂效应，说完了总是会有得意的笑，好像我们已经练成了，其实还远着呢！马师傅与我相识时，我十五岁，练掌时已经十九岁了，其实跟他相识，交朋友的气氛多过学掌的师徒关系，聊天的时候，多半是聊他所得意的事情。他比一般人好像更需要被肯定，如果你不太肯定他，他宁可与你不来往，甚至为敌。如此说来，我和戴朝南，到底是"得"的多还是"失"的多？反正那些年，不知道什么因缘际会，我和戴朝南，既不十分喜欢马师傅，可又打不散我们的相思相聚。

我已经不记得是什么原因，让马师傅下令停止了我们对铁砂掌的练习，好像是他感觉到我们很难再升级了。不知道是少了鹰爪还是其他药方？还是什么不能告诉我们的原因，包括可能他自己也没把握了。本来学习铁砂掌的人一般都要练的劈挂掌和通臂拳，我们也都没练就停了。停了也好，我的荒唐梦已经把我的散光眼都练出来了。我十九岁以前没有散光，有点远视，后来到了二十四五岁，散光变成了左眼三百五十度、右眼四百度，没有近视。我不好意思跟马师傅说，我觉得这其实跟营养不足有关系，药方也不理想，所以不练了，应该是命大的表示吧！真功夫，没有高人指点绝对不能贪心，妄想地去练，半神半鬼的师傅太多了……

回想那段时光，缸里的铁砂，到了冬天又湿又冷，破了又好好了又破了几十次的双手手指。冬天的铁砂好像也会怕冷，颜色变深了，它们紧紧地相拥相贴，手碰到就痛。咬着牙捞下去，插得也不够深，铁砂太紧，照样练，练破了皮，药洗会洗好，铁砂上的刺有时会刺进指端，拔出来再插。次数多了，时间长了，刺拔出来时，指头里没有血，就是肉，也不是茧，就是白肉，到今天不明白为什么。有时出大太阳了，特别跑到练功房来，把两大张报纸铺在室外的土地上，将铁砂倒出，抹平，曝晒，两三个小时再收回缸中。那样的晚上练起掌来最快乐，铁砂受热变松了，晚上九点多，铁砂里还有下午日光的余温，颜色也淡了许多，手掌插进去，比平常插得深一两时，暖暖的，还会扬起铁灰，几十把练下来，鼻孔都带着些微铁锈灰，顺畅、舒服、气顺，好的回忆之一。

　　夏天，铁砂就不必常常曝晒，但是练的时候，额头、双臂所流的汗，会滴滴落落地进入铁砂里。两个人随着日子愈练愈猛，小木屋外约一百米处（附近都是菜园杂草地），都可以听到木屋里传出来的声音，没人听得出那是在干吗。猛烈的捞砂插砂的声音，好像会吸引来空灵中、另外一些有磁场的东西，但是少年专心练功的身体，用力拍打砂袋的沉重声，由地面能震到好远，又把那些似有似无的空灵，好像是来参观又好像是来监督什么"质""能"互换的，有的没的神鬼皆疑的东西，都给震走了。马师傅似乎也说过，功夫练到四五成时，是出不出事的关键，我听不懂，但我相信，以自己的亲身经历，来衡量未来的二三年，要是条件够好没有出问题（出问题就不谈了，可能就废了），那么，风雨无阻的三年练下来……我今天可能就不会写这篇文章了，练成了的功夫是不能乱露的，露了容易有杀身之祸。因为别人会怕你，直接用枪对付你，记者会缠你，民众会问你，有关部门会跟踪你，完了，你就白练了，麻烦全来了。

听说铁砂掌练到高层次的时候，磁场强，不怕鬼，生气的时候，一使劲，手指、手掌、到手肘，都呈现出紫色……我宁愿相信，让我再年轻一次，我不会再练。都这么用功了，这么有恒心了，学点实际的不好吗？学点救人的东西不好吗？恒心多珍贵啊！

铁砂掌，再见了，没真练过的人，别忽悠我了。

这年头，只要心够定，半神半鬼的都走了，真神大概就来了。

2008 年 8 月

得意时须尽欢

　　这几天的台北，是阴沉沉的雨天加上冷，晚上就在新北市山区的养老院陪着八十九岁的老母亲，看看电视，听她说说各种话。等她睡着了，我独自在小屋中看电视。电视的综艺节目，让我想起一代一代的人物曾经年轻、曾经过去；新闻节目让我觉得社会的表面还是安逸的，但是看不到大家在追求什么？是追求幸福？还是治安，还是财富，还是团结，还是珍惜？好像都有，也好像都不在乎。一个人沉静地看看电视，我跟他们，他们跟我，其实都是站在同一边的，只是我们没有共同在做相同的事。我不想在行为语言上再犯什么错误，也不想让我的心闭塞，我的心还有多少能力？可以保持对外界的兴趣、好奇与接触，也许一个和谐的社会或人生，就是建立在先不让彼此受挫折的沟通习惯上。

　　深夜了，妈妈通常会起来一下，喝点水或吃两口东西再睡，我给她煮了五个水饺，她很满意地吃了，再睡去。我算过，她现在的体力不能离开床铺三个小时，我多陪她睡一天觉，心里稍安一些，老婆孩子都在加拿大，此刻正是他们起床忙碌着要去上学的时候，过一会儿，就可以跟我老婆通电话了。电视上除夕夜的特别节目已至高潮，这里是山区，虽然十二点刚过，鞭炮声只从远处传来一点点，几乎听不到。如果自己不能保持一个沉静的心，即使最关心你的人，最亲近的人，都帮不上什么忙。静，好重要啊！

天亮了，我起床小个便，喝口水又睡了，中午才醒，睡得尚可。春游的车潮已经挤进山区，往乌来看樱花去，我双手奉上一个红包给妈妈贺年，给她拍了几张照片。她看了笑着说："是相机好，还是我上相啊？"听起来她是高兴的。跟加拿大通电话，丽钦快要睡了，孩子们还在看书，他们真好。

下午六七点左右，去乌来玩的人，大部分在往回走，山路崎岖而拥挤，"出门俱是观花人"。我开车到乌来，幸运地找到一个车位，人多，戴个帽子，低头走到我要去的温泉馆，这一家的汤泉最纯，而且坚持不放消毒药粉，只是充满碳酸氢钠的汤汁，泡完一整套的时间大约一个半钟头。神清气爽，上楼找老板小酌一番去。

说好了是小酌，可是老板捧了一公斤装的一坛高粱酒，这就不能算小酌了。就我们两个人，第三个人都没有，先上菜，我还空腹，添了两口肉片，吃了一块年糕，喝了口鸡汤，就喝了开来。老板与我相识十年，平日多不应酬，很少聊天，第一次坐下来喝酒，却都不陌生。举杯的节奏很快，一会儿工夫便酒过七巡。他话多，从当兵怎么当，创业怎么创，温泉要怎么管理，到每年组团去日本赏樱泡汤等等，我多半静静地听，或愈喝愈多，偶尔会听到我笑着说："老板喝慢一点，慢一点，我赶不上你啊！"老板更得意了，因为得其意了，所以也看得到"人生得意须尽欢，莫使金樽空对月"的一种快乐。喝了不少了，一坛酒要空了，两个人都高了。我脑子很清楚，快乐的言谈之间，我觉得现在的人往往都太相信责备和严峻的力量，太忽略赞美和慈爱的力量了。这一坛酒喝得很舒服，凌晨三点了，像个会走路的酒精标本，与老板告别，来时满满的停车场，此时已经空荡得剩我一辆车，真好，没人挡道了。

　　乌来到新店这条山路，我常开，夜色清凉，莫名的花香，飘过杂木的森林，空气中安静又充满了一种清新，什么人，什么车都没有，就我一个慢慢地开着，十五分钟的车程，好像开了一个钟头，顿然间觉得这不就是"千山鸟飞绝"了？而且"万径人踪灭"，虽不是孤舟却是孤车，车上没有家人没有朋友，在独享这如寒江一般的风景，此时已是大年初二的凌晨，新的一年，希望大家都是丰富的，美丽的。

2011 年 3 月

西门町（上）

西门町一百年前很小，现在很多人很多店，还是很小，因为，一直以来就很热闹，所以就永远不嫌大。一九五七、五八年时，台北"中华商场"还没建呢！我曾随大人经过，有个卖西瓜的"西瓜大王"，生意极好。不久之后，小孩儿的我，听大人说西瓜大王的老板，一夜输光了家产。

一九六〇年，印象里，当时的圆环有个远东戏院，是台北最高级的电影院，随大人去看电影，在晚上等十九路公交车回三张犁，车站旁边还能抓得到萤火虫。很快地，西门町出现了一家新生戏院，那年头，小孩没钱看电影，在收票口，趁着拥挤，抓着一位陌生大人的衣角，蹭进戏院，看一场免费电影，是经常会被原谅的事。那年头连酒后驾车都是一种潇洒，因为有车就不错了。

我九岁，三年级，在新生戏院看过《迷魂楼》《豪勇七蛟龙》

《万夫莫敌》，都是蹭进去的，感谢那位帮忙的大人，还有明知故纵的收票员。还记得在看《迷魂楼》这部电影时，九岁的我，被吓得自动站起来，本能地往后走，在楼梯走道上一看，所有观众都坐得好好的，安静地在看，我自动又坐回去了。又可气，又可怕，又好笑，一个九岁的小孩单独的感受。

有一年，台北"中华商场"已经盖好多年，生意兴隆，地形特别，所以成为去西门町的人，必然容易顺便一逛的地方。大概是四十年前，新生戏院大火，烧死不少没有逃出的人，火势之大，对面的"中华商场"，都拼命在给自己浇水；我的大姐，目睹了那场大火，回家来，腿都还有点软。后来它被重建，头几年，还听人说里面会碰到"阿飘"，现在应该没了。也不知道从什么时候开始，西门町又多了万国、乐声、国声、日新、豪华戏院。国际、红楼、新世界、大世界，算是老的了，还有儿童戏院，里面还演过话剧。豪华戏院在即将投入西门町电影街前，曾经大力宣传着它的首演片，我还记得是《长船》，宣传实在是太大了，电影看完了，真不记得什么。

十八九岁的学生时代学会逛街，不买光看，很多信息是看来的。看过黄牛卖票，看过色情皮条客拉胆小的男人进黑店消费，看过三四十岁的外地军人穿便服打架、警察来了全都跑人的神情，看过多少还留着西装头的男人，带着穿旗袍、洋装的女人，在西门町划过。多少人匆忙地在等最后一班公交车回家。

我上海专时，海专这个学校也不知道为什么，总是会跟别的学校起纠纷，所以西门町就很自然地变成战场，我都碰过两次。最大的一次是和开南高工，他们离西门町近，我们还得靠大南巴士，一班一班地从士林芦洲方向往北门运，可是先放学先走的，就必须从北门到西门町，以寡击众，且战且走。我下车的时候，西门町已经充满开南高工的学生，绿色的制服，一波一波，让人想起了，革命军大概也不过如此。海专是从不示弱的，抄起巴士上的扫帚，预先藏好的棍子，由学长带头，杀进，杀出，那种威风，真叫一个"年少无知"啊！

西门町（下）

在西门小学旁边的巷子里，有个推三轮车来卖甜不辣的，很多海专的学生，把它当作逛西门町的第一餐，它若没出现，我们都很怅然。同学们在西门町花钱最多的，当然是看电影和坐咖啡厅，到"中华商场"订做衣服、买鞋子，或者挑选新上市的"袖扣""唱片"。在卖刀子和卖铜币的一些商店徘徊，这栋逛完了逛那一栋，最后逛到西门町中心地带，找个地方坐下来，看女生，顺便也让人看看。

我算是很不常逛西门町的，要去，多半是去文艺中心看京戏。从十六七岁就开始花钱看戏，把当时台湾最好的、各剧团的演员都看遍了，从年轻看到他们中年，再从中年看到他们退休，我也就不再去那个地方了。因为传统戏曲，完全是看演员，精彩的演员不在台上了，观众也就散了。换句话说，今天如果还有像梅兰芳、余叔岩、金少山、杨小楼、盖叫天那样棒的演员，那法国人都会坐飞机来看的，因为精彩。

当年的西门町万年大楼刚盖好时，也曾经是一个亮点，算是人潮拥挤型的地方。它每一层楼的买卖不同，有百货公司，有中餐、西餐厅，有歌厅，有电影院。每一层楼还有它的名称，我最常去的是四楼麒麟厅，专演京戏，票价不贵，还分下午场、晚上场，下午多半为武戏，我爱看，而且老外也爱看，每位还附送一杯饮料。经常看了一半，一游览车的外国人被带进场，看了二三十分钟，又站起来走了，剩下我这种少数死忠武戏的本地观众。

当时有一个出身大鹏剧校的演员叫"筱飞云"张复桩（如果我没写错的话），他的功夫就是在麒麟厅每天下午的认真而卖力的演出中，大有精进，更上层楼；可惜这么好的演员，也凋零了，真感谢他曾经让我崇拜，让我体会到什么叫做"戏台上等于是半个少林"的老话，我觉得奥林匹克的垫上体操选手，动作都没有他好看，没有他过瘾，没有他美。而他还不算武生行当中的大家，我都迷死了。

现在的年轻人，经常用西门町的街头，来展示他们的才艺，当然是好事。但是要经常去，不能只当成一种商业宣传或者随意亮相而已，会可惜了，要经常去，努力地、尽情地、细水长流地去利用那个地方的人潮，玩出自己的本事，玩出西门町的文化记忆。有太多太多的成长回忆在西门町，文艺中心来看戏的观众，有张大千、张群，老一辈的许多画家、名人……文艺中心三楼有个咖啡厅，经常看到一些当年有名的诗人，在聊天抬杠。四楼有画展。

前些年，西门町已经从上世纪九十年代没落了一阵子，被北市新兴起的东区，快速地取代。但是，了不起的是，西门町的商家们，意识到这个问题，群起有组织地反省、思考，试着重新构思一种规划，来美化西门町，改变西门町，进来了许多好的百货公司、美丽的小旅馆、亮丽的小商店，便捷的交通优势，二十四小时的生活状态，渐渐又将要打造出一个崭新的西门町，来迎接一代一代不同的新人类进去消费，留下记忆，制造记忆……西门町，任谁都曾经喜欢去，又被淡忘，但是终究又会回来的一个台湾人形容不清楚的——浪漫地区。

2012 年 5 月

散步散不了心

人，活在这个世界上，不容易。从出生到长大，到与人相伤、相和、相爱，都不容易，理由太多了，因为人多，事多。而且人与人之间，对爱和自由的体会不尽相同。那怎么办？我最近的体会是：自己做自己。自己做自己心的主人，这样才会有真正的自由。不过，这仅是"体会"，而且有很多很多圣人朋友，早就体会过了，而且都做到了，我才刚开始"体会"。

有很多时候，别人骂我，批评我，甚至只是误会我，我都会不自觉地武装起来，或者攻击回去，或者抑郁起来，这都没用，都会让自己失去自由。一个人能时时都自由自在地活着，太难了。很有感情的诗人，很有学问的思想家，或者许多出名的出家人、政治家、神职人员，都未必能真的获得彻底的自由，有谁说他真的自由了？我这个年纪了，还是不能相信。我多想自由啊！事业把我拴着，家庭把我拴着，朋友把我拴着，健康把我拴着，尊严把我拴着，过去一些不光荣的事情都过去了，还把我拴着。一点屁事都能把我拴得死死的，我能自由吗？能！只要用心去接受这个世界，去爱这个世界的人，就能自由，可是我做不到，还是不自由。我要不这么写，文章怎么写得完？！

听说这个世界上有一种草，叫芳草，而且十步之内就一定会有！我多想碰到啊！就是迈不出步。印度的古儒吉大师曾经教过学生什么叫自由，他说，自由有赖于你开启与关闭窗户的能力。当暴风雨来临时，你必须关窗户，否则会淋湿，当室内既热又令人窒息时，你必须打开窗户。而人的五官觉知仿佛窗户。当你有能力随着意愿打开与关闭窗户时，你就是自由的；假如窗户无法随意关上或打开时，你就是受束缚的。照料窗户的开关，就是灵修。

哦！搞了半天我是灵修不够？灵魂的修整能力不够，行了，那问题就明朗了，容易多了，可是，灵修去哪里修啊！书本里？没用！好书没少看，不但看了，还能记得，还能讲给人家听，有人还说我挺有思想，有智慧。没用，心灵还是一片荒漠，也不要说是荒漠，多少也还有点绿洲，但是不够用，我敢说生活中，我真需要去开或关哪一扇窗的时候，我现在都还能，因为信息太发达了，生什么病，吃什么水果，太全了，都可以收藏或寻找解决方式。男人需要酷，女人需要疼，这都不难，难就难在我的自由太多了，拥挤了，自由得都被拘泥住了，啊？听不懂了吧？

如果说一个人，在灵修的路上没有迷过路，那大概很难，没有遇过很多好老师，这也难说，有的时候自己就是老师，每人资质、悟性不同，不过人生的大方向还是最最重要的。就是方向搞不清楚，所以个人也好，社会也好，就暂时迷路了。我，我说的我，就是我，就是你认识的那个我，现在有点迷路了，别理我，别烦我，只要关心我就行了。我自己会好，会渐渐地看到路在哪，人在哪，世界在哪里。

　　谢谢您看完啦！谢谢关心。并祝平安、喜悦。

2012 年 7 月

玩儿嘛！

　　小时候的玩具大多是自己做的——用筷子组合出来的橡皮筋手枪；用冰棒的扁竹棍做弹簧刀；用笔管做吹箭；还有木刀、木剑。头上戴个柚子皮，拿着自己做的木刀，在自家巷中巡逻，也好不得意！偶尔，自己做做弓箭，只要一做好，拿在手上一拉弓上箭，大人立刻就会警告——危险啊！可别对着人！

　　到了三十岁那年，不小了，早就当演员了，有一天在南京东路的一个地下室，见到了室内射箭场，设备还算挺专业的，也有教练员义务教人基本动作。糟糕了，小时候玩的弓是很幼稚而且不能真拉真射的，现在看到别人可以在自己眼前吸气、拉弓、瞄准，噔的一声，箭已离弦，两呎长的箭，竟然射进草靶一半深！好来劲啊！立刻，拿在手上试试看的弓就不想放下了。别人也教，自己也问，包括选磅数合适自己练习的弓，什么牌子的弓有什么特点，价钱如何，自己学做箭、做弦，调整弓具，几乎每天都去报到，练习一两个小时，甚至一下午才算过瘾。

小时候的玩具虽然回味无穷，但缺乏精致，所以吸引不了自己太久。长大了，工具进步，条理分明的弓箭，加上热情洋溢的我才三十岁，渐渐地，"弓箭与我"的一种特殊关系，在自己生活里也有了些作用。

"瞄准"是射箭所有的开始，"放箭"是射箭的"结束"，箭到了靶上，是大家最关心的，其实是最不重要的，因为已经是不可改变的了，是僵化不变的十分、九分、八分或几分而已了。

起初不明白这个概念，只是一个劲地希望求准。所以把弓和箭的条件，提供到最高端、最精致，从靶上看起来是"满天星"（到处都是箭）的成绩，渐渐缩小了圈圈，变成一打箭十二支都愈来愈集中。集中到一定大小圈之后，就很难更上层楼了，原因有很多，最大的、最后的因素，还是自己的状态。

第一箭红心，第二箭红心，第三箭又是红心的十分，三个十分下来，第四箭还没拉弓呢，心头就开始乱了，得失心、要强心、自卑心、精进心，各种扰乱你平常心射箭的念头，不请自来，一个接一个，弄不好一下午都掉进这种跟自己较劲的所谓"追寻完美"里，很痛苦，想要心甘情愿地"瞄准"，心甘情愿地"承受"，不苛求工具，就检查自己，很难。但是射箭的乐趣，非得那样才会失而复得，反正我们是被专家级的教练教过，基本动作没错，也都依着道理而行，可是想要达到不惧亦不喜的平常心，把射箭的目的，只当成是一心一意地瞄准，然后把箭放出去，让它自由飞翔而已的事，那就真是一种快乐了。

　　随心箭！随心所欲而不逾矩的箭，把它跟生活和工作扯在一起，把生活和射箭当成艺术来处理。所以不射则已，一射就要投注全副的热诚，以求不聒噪，或不被聒噪影响，而见到一片——安静。对我来说，射箭和生活如果能够这样，那就是一种"追寻完美"，说白了，就是希望有一天，能射中自己！

2012 年 10 月

人在江湖，身不由己

"人在江湖，身不由己。"这个"江湖"的说法有各种含意，有人说：江湖就是一个让人学习做人的地方，江湖就是一个靠本事竞争的地方，江湖就是一个既有规则又兵不厌诈的地方，江湖就是一个增长各类阅历的地方。江湖不存在军队，但是可结拜成群，组织党派，以大吃小地干掉别人，江湖总是充满了真真假假。江湖儿女情——有情的，无情的，都不断地被对方恼着，偶尔，也会发生热情洋溢的爱情，以及将心比心的侠义体贴。只要牵涉到"江湖"，中间就有"真不真"或者"多少假"的意味在。包括古往今来，流行于人间的各种艺术创作，只要作者不自觉地在江湖上旅游或弄波过，都难辞江湖的色彩。

所以呢，我这辈子几乎都是在江湖上行走，虽然经常也会有闭关性的创作，终究还是走进江湖叫卖或销售。真正热爱生命或热爱艺术创作的人，应该是很容易相处的，因为他只要求自己，不要求别人，也无暇要求别人，在自创、自发、自省的自己中自足，所以待人宽大，无可无不可。他就可以摆脱了江湖的枷锁，打开了江湖的自由，虽身在江湖，亦可游神洞心于其外了。但是如果我还在江湖中很无奈地打滚，说白了就像一个摆脱不了枷锁的奴隶，你就算告诉我自由有多重要，可能也只是增加我的不幸而已！

　　江湖中有许多当老师的，也在劝人为善，经常也会看到一些简洁清晰的处世"格言"，告诉你什么叫健康，什么叫赚钱，什么叫爱……甚至于什么叫做哲学，什么叫"追寻"，但是小心，别被江湖上的这点小意思，搞得找不出意思了。

　　演戏演久了，把江湖当成家的感觉，似乎也在成形，但是江湖上的老辣和聪明，未必能给我带来幸福。演戏演久了，难免会想——人到底能有多伟大，或者多渺小，我想往往要看这个人的想象力有多少和同情心有多少。想象力与同情心，对我个人而言，大多衍生于"江湖阅历"，没有江湖阅历，就没有沉思的内容。一个人的想象力过强而没有同情心，那最多就是个偏执的艺术家或科学家，同情心如果多过想象力太多，也就是个一般的宗教家。

　　作为一个人，一个处处用心的人，则上述两者缺一不可。开玩笑，江湖是很残酷的，是很现实又诡谲多变的。在江湖上的表现，要怎么样地畅流而不泛滥。要能自由飘荡在江河湖海，又能静处于涓涓细流；能大鱼大肉，又能珍惜菜根；能把佛的语言不乱用，又能把菩萨的语言心思，付诸实行那可就是精致的老江湖了。这种智慧的江湖，真的只是一种达不到的痴迷吗？还是其中另有奥义？

江湖中种种美好的事物，都得要付出代价才能得到，不但是我们自己在付出代价，我们生活中相关的人们也在付出代价。我发现许多历史上伟大的人物，也是江湖上出类拔萃的产物，好像伟大的精神，总是富涵着广大而深厚的同情，高远而美丽的想象。哪怕是道德，也不能没有想象，来作为它设身处地的同情的基础。麻木无感，不知节制，是失去想象和同情心的第一步，大概也是最后一步了，我个人深有所感。

同情和想象，能帮人类超出现有的自我，和世界重新结合，也是人类超越现况、改善现况、没有之外的一条途径，一条通往未来的途径。这一点，从许多科学家、思想家身上可以看到。

美国总统奥巴马，面临了几十年来最艰苦的一场选战，赢了，连任，站在台上第一句话就是——让我们互相扶持地向前走，绝不放弃任何一个人，不走回头路……多会说话啊！同情心，想象力都有，伟大，够江湖。

2012 年 12 月

山不在高

　　我大概是从一九六四年开始，住进了当时还没有拆、而且眷村文化正是台湾主流时代的"四四东村"，直到海专毕业，由青少年到二十三岁，都住在那儿。所以我主要玩耍的地方，除了空旷的台北医学院，就是后山坡上的炮兵营，再就是影响我很多的"松山寺"，坐落在如今的台北吴兴街深深小路内的山脚下，我们眷村当年的后面。

　　寺里的点点滴滴我还知道不少，在庙里长大的，这么说不夸张。寺庙里的生命活力如何，当然是看寺里的人怎么生活，怎么修行，怎么去维持公有的秩序，怎么维持经济的来源……当然，还有全世界都甩不掉的——人际关系角力战。

　　建庙初期，就像古来许多名刹的初期，总是有修为很不平凡的出家人，安身立命在那儿，带着一些同修或弟子，天天用功，逐渐地"超凡入圣"，甚至进入"圣凡不二"的崇高境界。我没有参加他们的修行功课，我只是几乎天天都会去报到的一个眷村小孩儿，玩也在那儿，聊也在那儿，有时还能吃也在那儿，更经常会带着书到那儿去看，准备学校的考试。通常看书是最没效率的，多半是玩，跟看着各种香客的来来去去，溥心畬的身后佛事，让我看到一些皇孙的贵族，主持人道安法师，如何跟小孩儿和附近的百姓相处，如何在夜里跟台大的学生们在大雄宝殿念经、讲经。各地的出家人，有乘公交车来寺里的，有轿车接送的，也有自己骑摩托车腾云驾雾一般赶来寺里参加佛事的，做完佛事，分一分自己该有的钱，辛苦地赶回出发地或是自己的房间休息去了。

形形色色的出家人，经常在我身边走过，看过他们快乐地念经，也听到他们心中的迷惑。比在家人的迷惑更真实？或者更虚妄？他们也像一般人一样，在自己生活的舞台上，像一个影子掠过，无人知觉的影子，哪怕哪一位高僧已然成了佛。如今，我离开了"松山寺"很久了。

二十六岁那年，我还没有正式当职业演员，在朋友开的一家二手汽车店打工。一天黄昏时分，进来一位出家人，四十多岁吧，化缘化了一天，进来要杯水喝。我和朋友两个人立刻礼貌招待，出家人精神很好，喝完水开始聊佛教的事，朋友听得入神。第二天朋友就开着自己的小车，按照出家人留下的地址，去新北市的深坑再进去的平溪山林里，拜访这位出家人。后来他只要有空，就开着小车去山里拜见师父聊天谈佛法，甚至皈了依。和尚让他守五戒，过了一个礼拜又去了，老法师问他五戒守得怎么样啊！我朋友说：全破了。和尚大笑。他们俩成了师徒，也成了好友。有一回朋友带我一块去佛堂玩，老和尚亲自煮面给我们吃。我一看那袋子里的干面条，发满了绿色的霉，我说："哎呀！师父这不能吃了。"师父立刻打断："可以，可以！"就把面条往开水里下，我眼看着那霉，一会儿就自动浮上水面。不久，白净净的面就煮熟了，半点霉味也没有！原来发霉的面条是可以吃的，他煮了一锅早上拔的竹笋汤，我喝了一大碗，说不上来地好喝！大概是新鲜。后来我就没再去过那佛堂，那山里的一间小屋。

镜头一转，二十年没有音讯，我朋友也和老法师失去了联系，各忙各的。有一天，我朋友跟我说他又联系上了老法师，现在搬到台中去了，庙变得好大，在埔里。这位法师的影子变大了，好大，他的法号叫"唯觉"。

那慈悲的容颜，四十来岁，曾经和我们回眸转顾。

他和我朋友的相知，贵在知心，我，曾经旁观，一如在"松山寺"。

2013 年 2 月

三省吾身

　　从小就听大人说，人生的道路是很迂回的！总是一知半解，包括现在。一山翻完了还有一山，一水走完了，转个弯又是一片！一直到人生许多重大的经历、亲密的关系、长辈的凋零，都过去了。站在旷野里，自己变成了最老、辈分最高、痛苦最多、失去也多付出也多自由却又不够多的人，奇怪的感觉。其中，痛苦最多的原因，是自己在人生中，其实根本上还是不懂"反省"，或者是有反省，但是反省完了，没有改过，说得文一点就是没有珍惜自己的痛苦。因为不懂得珍惜痛苦，所以生命也就白被它折磨了，反复地去犯相同的错。犯错的时候自己很清醒，却又不知或者不懂得懊悔，当然就不能像古代的悲剧英雄般，去"珍惜"他的懊悔。一个人无论是为什么懊悔，它总会反映着我们自己往日的错误所在。

　　我并不是一个会去珍惜懊悔的人，所以演员干了大半辈子了，为人父也二十余年，依然不能算是一个好老公，虽然当初爱我的老婆，是希望我为她做一个杰出的男人……但是我的大脑和操守、联想力等等，并没有更步向超越、提升。偶尔有一点成熟感，那也是从书上看来的，愈对别人发表做人处世的哲理，愈觉得自己像个"伪善者"，信仰跑哪里去了？信仰告诉过我好多的道理，无非是希望自己能教育自己，信仰告诉我人非圣贤孰能无过，但是要知过能改，才可以善莫大焉。人生之路真是迂回，它是上升的迂回？还是左右傻傻的迂回？还是往下而去的迂回？都是一种历程，都是对于昨天的一种舍弃，一种跨越。关键就是舍得和跨得对不对？唉！我可知道什么叫"到老一场空"了！不懂得珍惜，迟早有一天就会被我儿子发现我的伪善，被朋友在背后嘀咕我是说到做不到的伪君子，信仰呢？信仰跑哪儿去了？信仰被我不小心搞丢了！

本来一直以为我可以靠我的信仰做人处世，可是它搞丢了！很尴尬，很痛苦，它曾经带我翻过许多山，漂过许多水的。

想一想过去那些年的翻过，其实蛮美的，因为"翻过"不就是一种"倒转"吗？是一种"觉今是而昨非"的感觉，而且不觉昨非就不会觉得今是（这句话我常会用，我们的初中老师盖的印），那为什么自己还有这许多不满？是因为自己开始害怕了！开始觉得坦荡荡是假的！是被我利用来保护自己的不长进。就算我读过一点圣贤书，还算懂得让自己懊悔，可是又并不执着，"执着"经常是没有用的，经常是被误会和错用的。我一直以为我会善用执着，可是我离执着真实的义谛，大概偏离很远了，所以当下一次懊悔再来的时候，我已经无法重拾执着，那么，珍惜也就变成空谈了。说了半天就是活得空留余恨嘛！

会有这些想法，通常是我在反省或懊悔中，无法执着地抛弃我的另一个执着，所以会害怕。更通常的是，就算我真心去改过和懊悔，也只是舍弃了我自己一些虚幻浮夸的面向而已。与真正的谦卑、和睦、坦荡荡，相去甚远，莫非人生的方向走错了？迂回就认了，可不能走错了！尤其是本质上，如果走错了，那我还剩下什么？真金不怕火炼，明明是句真理，对我来讲却似乎是"假金转手卖人"，白炼了！唉！不知道全世界人是怎么过来的，被人笑就笑吧！我没时间去羞耻。也许，生命这条迂回的路，本来就是在懊悔与痛苦中，得到又失去中，生生不息，自强不息的！就算是吧！别说不是啦！

啊！天行健，"君子"以自强不息！谢谢《易经》里这句老话。不息，那些令我如此痛苦的我，既是我也不是我。就像三岁时候的照片，既是我也不是我。是我，因为那不是别人的照片；不是我，因为我已经不是那个样子了，就像蛇的蜕皮，蝉的脱壳，它只是建立在我的痛苦上面的纪念碑。纪念什么呢？干脆先想好碑上要刻什么字……

"我是一个臭不要脸的人，而且生生不息。"

2013 年 3 月

此生常保 "生趣盎然"

　　我五六岁的时候，看到村里有些小孩有三轮小自行车骑，就觉得太美了。虽然比大人的慢，但是比我们走路快，已经有"骑"的意义了。那个羡慕啊！到今天若是看到一个够大的，我都想骑骑。记得我小时候有一次，某一个小孩儿的小三轮，终于停在一旁没人骑，也没人看守，安安静静地就停在那儿。我确定了一下，毫不犹豫地就骑上去了，在附近不出十米的地方，自由自在地骑了一下，不到一分钟吧！车主从屋里跑过来把车要走，理所当然，我也面带惭愧和感激，连对不起和谢谢都还不懂得说。

　　车算骑过了，瘾也算过了，印象深刻，只在于骑车的一种乐趣被满足了，虽然之后好像就再没机会骑过，今天在巷弄中看到小孩儿有三轮车骑的，我都会觉得他好幸福。感谢那位小弟弟原谅了我擅自骑了他的小车，让我充满喜悦了一次……后来当我的小孩儿才一岁半时，便有了他自己的小三轮可以骑，手上还拿了一把我为他做的小木剑，照片都有……不好意思问他还记不记得是什么感觉……因为兄弟俩现在都是剑道教练了。

我上初一的时候，是一九六四年，当时物质生活依然匮乏，我必须倒两趟公交车去上学。有一天放学的时候，一位有自行车的同学顾海涌，把车借我骑，其实是借我学，教我，扶着后座给我骑的，因为我连一半都不会骑，就是连溜着骑都不会。也许是机会难得，也许是怕辜负人家的好意，我上了车才骑两步，就专注无比，他只扶着我不到十秒钟吧，手就松开了，人也不跑了，就在后面叫"你会了！你会了！"。我一下子觉得：这就是会骑车了？会骑大人的自行车了！真是太幸运了！我会骑车了！春天来了！说着说着，不会转弯的我，刹了车人就落地了，没跌倒，算是软着陆，又给我兴奋地骑了几圈，会转弯了，莫非是天晴了？树上的鸟叫声都跟着烦杂了，我的春天算是来了。

当天，妈妈就挤出一百块钱帮我买了一辆二手的二八车，算是比较高的，可是我不会溜车，所以自己上不去，每次都必须扶着一面墙或电线杆或邮筒，才能慢慢地让自己骑上去，手一放，脚一踩，就走了，第二天我就骑着去上学了，充满喜悦和惊险的一天，二天……半个月以后，我算会骑了，也开始了四十多年的骑车生涯。

一直到当兵退伍，我自己的交通工具就是自行车，沿途欣赏风光，跟三五好友郊游，下雨淋得落汤鸡，在风雨中穿着雨衣前进，疲倦却又要拼命地赶时间，车坏了停下来自己修，修不好又满头汗地推到有修车的地方。体力和心情好的时候还跟同学赛车，虽然我总是输，因为车子不够好。赢的同学总是骑会变速的"跑车"，我还记得赢的那位同学，表情是充满了得意和喜悦，就像赛马赛赢了的表情，飞扬而过！

充满喜悦回味的骑车生活。我很感谢妈妈总是支持我，满足我，给我许多次新的开始，我也还骑车载过妈妈、姐姐，快而轻松，又小心地载过她们。

如果说换车是一种喜悦的话，那么有一辆新的"跑车"让我骑，那就是莫大的喜悦了。十八岁的时候，具体是哪一年我忘了，妈妈给我买了一辆新车，有后面三个齿轮的，算是内三飞了。不是英国产的，但已经可以了，当时本土的自行车还远不如欧、美、日，但是可以了。骑着新车，好像过去那种偶尔会有的倦乏和沮丧，都会随着风流走，只剩下我和我的新车，也不在乎别人有没有注意，也不在乎公交车是否挡路，就连边骑边想事情的时候，都觉得它好像是活着的。空下来就擦车或洗车，爱它简直如爱马，一下雨赶紧跑过去牵它到淋不着雨的地方。唉！当时怎么不给它取个名字呢？要是取个名字，说不定只要对着它说一声请进，它就自己会进到屋子里来……

此生别无所求，若能常保"生趣盎然"，足矣！

2014 年 1 月

活到最后别后悔

最近的做人做事，总是有许多心有余力不足的现象，跟老不老也没什么绝对关系，我见过许多"上善若水"好好妙妙的老人。人家也没有什么力不足的时候。

最近很茫然，好像失去了以前曾经有过的一种笃定，做人做事的笃定，尤其是把自己的"综合欲望"跟"宗教"作比较的时候，即清楚又茫然，找个信得过的上师问问吧？其实也不必，自己都知道该怎么办，只是下定决心了没有。只要没有与世隔绝的一天，似乎就没有不犯错的时候，人类思想的乱窜或进展，总是跟外界生活所互动出来的呀！如果没有了这些互动，也就没有什么好反省的了，思想上也不会有太重要的进展了，除非，后半生（后小半生）就决定住在山洞里，天天念经念佛不出来见人了，那样就完美了吗？或者就接近完美了吗？必然仍是不完美，甚至会有严重的错误。

看样子，人似乎是注定不能一步就飞跃向完美。一天，两天？怎么吃都吃不胖的。我的迷茫用禅家的态度来看是很正常的，用基督教来看是很需要祷告的，用做人的经验来看，是要逐步改善，或猛醒回头地去进步，去成长，好像都有方法，但我就是没法去实行……真需要勇气，勇猛非常的一股气。

人生中总有几次"大彻大悟"的时刻，我好像也有。但是事后对我来说，那只是连绵不断的波浪当中的波峰，一下子就下去变成波谷了，那不是到达彼岸的终点，更不是可以永世长驻的圆满……

我爱我的家人，我的家人不时地在变，母亲、父亲都走了，我还是常会想起他们的样子、他们的事情和对我说的话……

我的老婆，我最爱的女人，只希望她为了健康能再瘦一些，这种形容爱的话，说得多不爱啊！对不起，我就是最爱她。

我有个朋友，比我小一岁，这些年愈来愈注重锻炼身体，不是跑步就是游泳，我好钦佩他。他说不锻炼怎么行？不锻炼下次碰到美眉不就没力气了？我！自叹不如！多真实的价值观啊！！

人不能做后悔的事，"子欲养而亲不在"是一种后悔，赚了不该赚的钱也会后悔，因为贪心上了当会后悔，该做的好事因犹豫没及时去做会后悔，游戏过头而失去了青春也会后悔，突然间要死了，该做的事还没去做会后悔，把一个喜剧的人生演成了悲剧会后悔，把一个悲剧的人生没有演成智慧，也会后悔或者说懊悔。以上这些人间事，都是"人"才会有的烦恼，老搁在心里不去处理，也不是个事，一定有方法是可以让人再度心安理得的，只是还没想出来、悟出来。可是后悔的经验多了之后，总会觉得每次后悔的心情倾泻而出时，自己也同时有一种"新生"的感知。不明显，但是已经足够淹没过去那些固执和轻狂了，一个更大更广却不一定更长的生命空间，等我们把生命坦荡荡地倒进去……重新活过。

颜回，孔子的高徒，居陋巷，一箪食，一瓢饮，日子就过了，真高，简朴使之高，珍惜使之高，大概做人处世他也有他的痛苦，他能消化。他也贪心过？他也生气过？他也迷茫过？他也好色过？那他一定也后悔过，但是他聪明，后悔总是会带给他清醒的觉悟。

我差远了，我发脾气脾气就来，说帮助人总是考虑再三，说有便宜可占心就动了，说有美女不多看两眼那简直是糊涂！

我的人生已经告诉我：不要怕懊悔，应当珍惜，再下一次懊悔又来时，那个珍惜会让我们重拾一些有用的东西……

愿我们大家，明白的，继续明白，糊涂地想出办法来，生生不息地，自强不息地，在痛苦与懊悔中继续活着。活到最后别后悔，就行了。大家都是明白人。

2014 年 8 月

浮动的人生

　　天下万物都有他的生命特征。据说,人最大的特征是"贪",贪得有规矩,贪得够反省,贪的方向对的比较多的人,大概是走在前面的,同样都活在"贪"里,因果却各有不同。少年时的我,家境贫寒,但家教蛮严的,邻居经过我们家门口,都可以感觉到他们对我父母的尊敬。那只是一段短暂的时间,也不知道是社会因素,还是父母为了生存的压力,或许都有,我不再看到邻居们那种眼神了。搬过家,好像也都不多见了,不多见了那种安全又尊敬的眼神,顶多就是走过时点点头。

　　也许因为想要得多一点,就很容易去贪,当你占有了什么,你就必须为它负责。不论是什么人、事、物,你都得负责,负责会累,累了它就成为你的负担,那你心灵的自由又少了一点。在一切的热情退减的时候,我们就开始烦恼了,马路上经常看到心中有一堆烦恼的人,瞒不住,多半写在脸上。生、老、病、死,有形无形，都在考验着我们的贪与不贪。

六十岁以后，长得像一个幸福的雕像的人，我看到的不多，包括我自己。和我现在的家人比一比，我也觉得我对他们的内疚也是最多的。当我在叹息幸福的年华流逝的时候，我知道，有更多的孩子在企望快点长大，长大就可以拥有或者得到更多的什么……然后又可能再掉进什么……

问题是生命中有许多考验不是表面的，有的是地雷，一踩就爆了，就毁了。有的却又像都市里的雾霾，一天一天地侵蚀你的灵魂。有的人酷爱坐地铁，坐公交车，只是为了车上那偶尔发生的微笑的爱情……也算一次悸动，悸动中，难免没有更多的贪在意识里向你招手。没有一个招手是免费的，是不必因果的。

天下最难吃的药就是后悔药，一般人们都不愿意多吃，久了就干脆不吃了，就是不认账了，谁多多少少都赖过一些账，所以偶尔被赖赖账也就算了。

其实我很不会用文字去陈述我心里想的事，也许是我自己还没有想清楚，我不是想讨论什么真理，我只是不想处理太多的烦恼，由"贪"而生的烦恼。可是很多人都说过人生焉能没有烦恼，没有烦恼哪来的智慧？好，那反过来看，心里有大苦闷的人，不正是更有机会通往心灵的深刻，通往智慧之路吗？那么我们也许该爱我们的烦恼，而且要好好地去爱，爱惜的爱，就好像一个基督徒该爱他的十字架一样？

也许一个先知，或者一个很好的老师会这样告诉他们的学生："我还可以教你们一点什么，是因为我比你们更困惑，更迷乱，以及虽然如此，还不感觉绝望，还要挣扎，还在追寻。因此，我既比你们强，也比你们弱，我就是凭着我的迷乱与困惑来教你们——以及教自己。今后，你们或许可以不再'借用我的'，而用你们自己的迷乱与困惑来教自己了！"

也许这也就是我们能从观赏悲剧中，得到益处的缘故吧！

但是脑海里又突然浮起一句话：力拔山兮气盖世，拔剑四顾心茫然。

如果每一个人都是一个大神秘，我们应该让那个大神秘展现他自己吗？应该！

2014 年 9 月

我可知道什么叫写"专栏"了

此刻我在南京机场的休息室，在来的路上睡了一会儿，喝了半瓶矿泉水，在机场门口抽了一根烟，稍微瞄了外围一眼，大概我是最老的。我就不信了，我就这么苦命？这么劳碌？想想也不对，多少人希望出来走走？多少人比我还老的，希望能有工作的，或者可以出门奔波？哦！所以算了！疲倦也别抱怨了，心里头还不能有一点点沧桑的自怜……不存在！所有人都让我保重身体，早点休息……说实话，我都听烦了，都觉得对方是对我没什么话说才说的话，尤其最近 MERS，还得戴口罩，多喝水，以免韩国的失控患者流到其他地区。

飞机延迟，因为南京机场雨大。我只有继续地待在休息室里，继续疲倦，继续写这个。还不错，我不彷徨，好像也没什么哀伤，看到旁边的电视新闻，南方各省都在强降雨，听说台湾近日也是午后雷阵雨，连台北基隆路都淹水了！不晓得柯 P（柯文哲）会不会哀伤？应该不会，也不需要，但是他下班会不会被堵塞？应该不会，水应该退了，台北市将继续美丽，柯P将继续辛苦，把台北市辛苦成更美丽又不彷徨又没有哀伤的城市，我说的是真的，没有任何讽刺的意思，只是写的时候没有腹稿，想哪儿就写哪儿而已。

唉！这几年哪回不是这样？屎到屁股门儿了才拉。这样的态度使我不易彷徨也不会哀伤……年纪不到，是不敢这样写专栏的，专栏耶！什么叫专栏？我在《PAR 表演艺术》杂志写了快十年了，我可知道什么叫写"专栏"了，可不要羡慕，也不要太苛责，天底下没有几个人真能写专栏的。我算过，如果写文章不是瞎聊天，那就算是孔子，很仔细地写，十年都可以把《论语》写完两遍了！第二遍又没什么新内容，到最后……也就只能写写吃了什么，喝了什么，天气如何而已……因为，人的真知灼见没有那么多的，任何一种大专家，请他写出他的真心话或者真诚的感受，不过区区五千多字，多了没了，再写？那就把马路消息、网络信息凑一凑，又是一篇。

写文章，没有一条道路是真诚的，真诚本身就是道路，是通往读者心灵的道路，其他的一切……微不足道，写着写着就会掉进主观或者迷茫，或者自以为是，甚至自我炫耀了，其他的艺术作品，又何尝不是这样？

那我为什么还在写？我真不知道。是读者爱看？我不信，因为有许多我真想写的东西不方便写，比如说人与人之间的隐私……写出来说不定就成了八卦；比如说两岸这二十年来的变化，风水互动的旁观心得，不能写，一我不是专家，二是环境没有幽默感，不能开玩笑。台湾也在一个诡谲多变的情况中，好像会走向一个小确幸，又好像会走向一个新发现，比方说柯 P，让搞了一辈子政治的人几乎瞠目结舌，现在又出来一个女中豪杰洪秀柱，以前都认为她不是什么角，但是这次中常会十八分钟的发言，令人刮目相看，新希望……当然，新也新不到哪去了，她都七十了。开那种会开了大半辈子，还能新到哪里去？

2015 年 7 月

静享沉思的深远

有个朋友，甘肃人，三四十岁就跟有经验的过来人学习经商，可能是因为大环境，也可能因为商场一向就如战场，才四十多岁就很厌倦生意场上的文化气息。这两年，很少出门应酬，但依然有免不掉的应酬存在。他从年少时候就爱动，"爱动"的意思是常打架，刚开始在村庄里，一没枪，二没把像样的刀，就凭求生的勇气与砖头。身上背着个包包，里面放两块布包过的板砖，就是他的出门装备，不知道拿板砖拍过多少人。牢里也蹲过，居然，痛定思痛去了大城市上海学做生意，商海浮沉，看了不少，钱也赚到一些。

这两年，是环境，也是他个人的努力，生活愈来愈静了下来，去北大插班念唐诗宋词，念史记易学。初中都没念完的他，四十岁进学校念经史子集，也念进去了，愈来愈进去，跟他聊天就感觉得到，感觉到他像个古人，或者说像个念圣人书的思维了。他说，安静下来也愈发地觉得安静的改变好大、好大。整个价值观，生活的状态都也稳定走进了一个更文明自我制约里，变了，但是变得比较自然而有其韵律了。未来他会一直这样吗？无法预测。

我也需要安静安静了，而且还蛮需要的，前两三年太忙了。今年初，在新竹的关西山里面，自家的山间小屋住了有个把月，每天睡到自然醒，浑身筋骨愈睡愈疲倦，不是因为睡得太多而产生所谓的"久卧伤气"的状态，而是前几年有多累，现在显现出来了，身体自然会找我算总账。中午起床，老婆早已经黎明即起，菜园子里忙一两个小时了，浑身是汗，进门洗了澡。屋里室外的空气都是甜的，吸到肺里，舍不得吐出来，吸满了再吸、再吸，让甜美的空气，在我可怜的吸烟的肺里多停留一下，再多停留一下，然后心存感谢地把浊气吐出来。如此躺在床上做了有十几二十次，觉得人又活了，精神也来了。才能下床。

看到妻子丽钦，她脸色更好，很高兴地把早上由地里拔回来的菜拿给我看。因为是自家种的，我也总是觉得好看，两个人就高兴地炒菜，吃菜。下午，太阳还不小，我拿着一把小镰刀、一把大的长镰刀，先在后院的鹅卵石上磨得很利，戴上手套，去割我们后院的草。我们后院有两个篮球场那么大，说大不大，说小也够我一个人铲不完割不完的了，割完的草分散堆着，两三天就晒干了，堆成一块，烧！

看起来很忙，却可以边做边沉思下来，我不是想要安静安静吗？这就开始了。所谓沉思，大概就是在生活里、做工中，允许一种自我开放存在、自我对话会发生。当我们向某一个对象说话的时候，我们的思绪跟表达，会受到对象的影响而形成某种限定，某种沟通的限定。但是当我们自己独处在静默中，那种自我对话之际……在自己，不是自己，是自我挖掘、自我开发、自我回忆、自我寻找等等，所以就愈谈愈深。现在才刚开始，希望有一天能凿出一口井，新的力量会源源而出，当然这只是一个妄念，别想那么多，与世纷争和与人沟通的限定消失了，就不错了，就等那点自我开放了。

所以在关西的家里，可以让我安静，静默中有沉思，在沉思中有了喜悦。在喜悦和非喜悦之际，又拿出藏了多年的弓与箭，修好箭，擦好了弓，在后院不疾不徐地射起来，一支一支，一打一打，射到黄昏……

2016 年 1 月

知耻近乎勇

又到了写稿子的时刻，用写的，不是在计算机面前打的，这种人大概只会愈来愈少。近几年才在手机上，参加了微博的交际和沟通，接着跟朋友们也开始使用微信，电话还是打，已经没有微信来得频繁，我失去太多太多网上的信息获得，连买个烧煤油的取暖炉，都是朋友从网络上转寄到我的微信，让我能仔细地、从图文并茂的说明中，知道哪个炉一定是我喜欢的，而且是想过很多年，而没有去买或寻找的，因为不知道去哪里找。想传个 E-mail 还得请会传的人帮我传，密码永远记不住，好像我除了演戏之外，就愈来愈不知道这世上，还有什么常识性、或者知识性的东西了。

其实不会，哪儿有那么惨，写就写嘛！从小不就是用手写的，而手写的稿子留下来，十几年以后再看到还挺亲切，当初创作《那一夜我们说相声》和《暗恋桃花源》的手稿，都还留着，翻来看看，好像当年的我和我们，又都回来了。而且，现在网络上的消息也未必都可信，我知道这么多闲事，或者浅显易懂的心灵鸡汤有什么用。做人最基本的道理，长大之前也都知道了，只是能做到多少才是关键。比方说礼、义、廉、耻，多重要啊！人人都知道，但是要经常去体会、实践的时候好像真的不太多，而且这种人范围极大，广阔无边。

这些心里的事，跟网络也没有什么关系，只是人跟人的直接关系。礼义廉耻，这四个字，是我们的小学校训，我先不去计较前三个字，就最后一个"耻"字，就够折腾的。比方说，我最近几年老是想去探望的前辈，或者老友，我是真的经常想到他们的形貌、他们说过的话，以及他们的一些故事，经常想到，但是我却没有立刻丢掉手边杂事，立刻抽出时间，马上电话联系等等，都没有！

中国人，尤其是孔子，喜欢用君子与小人，作为教导学生在生活中的种种善恶的对比，有大事有小事，那么君子，一定是知耻的，相对地说，小人是没有羞耻感的。我们大部分的人，大概都只做到一半一半，大部分的人都愿意自己用羞耻感来陪伴自己的人生，把它当作大事，以免丢人，甚至用撒谎来保护羞耻心。

这一点古人也想到了，所以才说"知耻近乎勇"。知耻两字是让我们在明明知道什么是羞耻之后，不要掩盖，不能麻木。我经常做不到，但是我想，我愿意去做，虽然还没改，但是已经大概靠近勇敢了，如果有生之年能再进一步，再进一步，那么就有点像"勇敢"被完成的状态了，不论大事小事喔！包括计算机网络的学习，哦！这点不能包括，我不需要它那么陪伴我，可是探望前辈和老友于我是不小的事，我没能立刻去做，其实这种小人，我已经做了很久了，但是还是有机会去变成君子……

我今天所写的事情，只是我临时想到的，记得的一些事情，怎么说都只是一个概念化的记忆而已，或者说"知觉"而已。突然想到了博尔赫斯的短篇小说《博闻强记的富内斯》，富内斯这个人具有惊人的知觉记忆力，他不仅仅是过目不忘而已，他能记得所有不同的时刻所看过的个别具体的东西。他不但记得每一座山林中每一棵树的每一片叶子，而且还记得每次看到或回想到它时的形状。以这样的记忆力和理解力为基础，他的许多对生活的认知行为已经与一般人太不同了，能够替每一块石头、每一只鸟、每一根树枝，都取上名字，都这样了，他还认为这些都太一般化，过于含混！气死我了，那我不早就是老年痴呆了？！太可恨了！

可是，还是要谢谢他，没有他这么一个奇怪的人，我这篇文章，就更淡然无味了。

2016 年 5 月

演员如果是一朵花

去年的冬天居然下雪了！台北、新竹，两个我住的地方，都下了，关西的山里下得还挺多！我喜欢在关西的山里住着，天天在经历在感受着山中的天气、风景和甜的空气，说不好听话，抽烟都觉得好值得！去年冬天在山里头冷得活该倒霉，因为早该买好御寒的电器我们没买，老觉得就这几天冷，一晃就过了，结果冬天特别长！长也过去了，最近的天气是台湾标准的春天，春天总算来了，在繁茂如百花齐放的春天山居里，生活很忙却看不到忙了什么。工作很多，多到做不完的，那就每天都能做一点是一点。

看起来很单纯的生活，要注意的事情可是天天都有的，住过山上的人，和城里过日子的人体会是很不同的。在山里，做事归做事，割草归割草，脑子里依然会经常飘出生活和工作的回忆和检讨。说得大一点，就是在自己的工作世界里，或者说是艺术创作中，这么多年……我是什么态度和心思。

　　别的不说，年轻入行的时候，我就没真的去期望自己的作品会是一个时代性的，或划时代的经典之作，我始终觉得与其那样，还不如要求自己的每个作品、每次的表演，都能达到让观众真正值得依顾的水平来得重要，就这样，一辈子都快走完了，好戏也演得不多……得过奖没有？当然多少得过几个，有七八个奖大概，可是台湾的媒体都不知道，因为我不习惯去说它们。演员如果是一朵花，我只能全心全意地绽放自己，绽放成可观，绽放成美满，绽放得完全，绽放得人家宁可看你的电视，而不看别人的电影，其他的不去期待。是难得的冬日雪？还是春天里的花？不想它的定位，就是往前演，往前演，演到水穷处……就算得到一个大奖，或者多精彩的作品，多让人喜欢，对我这个花一般的生命而言，反映的不过都是偶然的机缘，偶然地被看见，偶然地被摘取，偶然地被供在案头，偶然地……而我早就回到自己那片原野上去了，去变成另外一朵花……让观众去斤斤计较，我开的哪一朵花才代表我的春天，哪一件作品才挤进了时代。

　　最近几个月，大量接戏的情形缓慢下来了，也不是为了有一个更精密的思考，不知道为什么，戏硬是被自己推掉好几个。无形中，在山里感受了春天的温暖，生命的美好，当然也有惭愧，只是没有勇气老去想它。

　　天天跟内人在山里，想念着孩子们，只要我不乱跑她就心安，还真是不离不弃。一次次地面对孩子们的变化……他们都学会了用沉默来修正我对他们的管教，用愈来愈有道理的话，来告诉我他们都长大了，来教会我要如何重新地去面对他们、欣赏他们，而我，在他们眼里，早就不知道是什么了。可是我从来也没替他们担心或者捏把汗什么的，大概是老婆管教真的有方。

虽然今天说的是冬天下雪啦！春天来到啦！山里快活呀！工作反省呐，甚至家人如何啦！其实我还是在讲自己的工作像朵花，有时在冬天开，有时在春天开，当然四季都有花开，只不过我这朵花开了之后的命运和感受到底是什么？花在花市里，或许是论朵，或论枝，或论盆卖的。但在春天呢？论斤买得着吗？即使是花也不是为了被卖而开的。好花只使自己绽放、绽放，成永恒（虽然我不知道永恒为何物）。

反正就是说，演了一辈子的各种戏和各种角色之后，你知道了美好的作品，使创作它的人的心灵，经常在创作的过程中，仿佛接触了永恒，甚至体验了永恒，透过被观众欣赏的活动，充满了欣赏者的心灵，成为永无止境的分享、喜悦。这算什么？要怎么形容？老话说：复驾言兮焉求？（陶渊明《归去来辞》）

还有，我家的一公二母的鸡，最近小鸡也快孵出来了，两只母鸡一起孵，安安静静地用它们的体温，二十四小时地，二十一天地，轮流孵，现在是一起孵，我们都在等，等新的生命们破壳而出。

2016 年 6 月

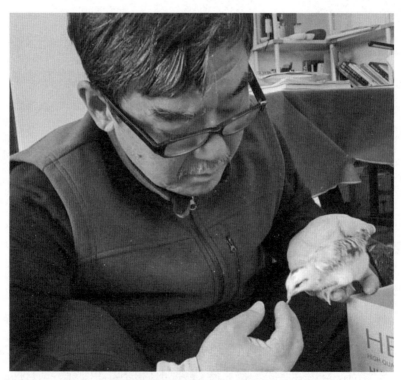

山居的家里，家鸡孵出来的小鸡

Chapter 3

家长里短

儿女"情"长

　　我和我的妻子结婚的时候，不光是想白头偕老，还是会想"早生贵子"啊！果然，也没有什么计划的，就连生了三个，两年一个，两年一个，感谢上天，给我们这个美好的赐予。

　　接下来的事，都不是我们"希望"中的事了，因为我们两个基本上都还不懂什么叫"希望"，跟天下初为人父母的人一样，边摸索，边学着做父母。学，就要有代价，可说是岁月，可说是挫折，可说是焦虑，也可说是永不一定会实践的梦想……都是代价。教育儿女，是为人父母的大事，人类最早会发明"教育"，无非是希望下一代的人，不会上了上一代的人所上的当，重蹈所吃的苦，重做糊涂的事，不要遇到一些没有幸福的事等等。换句话说，教育的目标和方式就变得很重要。孩子们受教育开始获得所谓的知识，那些知识，天知道哪些是有用的，哪些是没有的，哪些纯粹是填鸭式的"应试"教育。而通过幼儿园、小学、初高中、大学，以及家庭相处的教育，花了许多的时间，孩子从幼儿、儿童、青少年到青年——成长的过程，可能因人而异而产生各种不同的样子。

比如说我的小学、初中、大专的学生生活，对我的回忆和现实而言，不能说不重要，但是在我心里呢？一点都不重要，好像可有可无！尤其是初中那三年，简直就像一种"身外之物"，什么东西都不是。原因除了跟整体教育环境有关之外，我自己的自我反省和自我学习这方面，也没有得到很好的教育启发，所以，空白了。有些空白会造成日后成长的一种动力或影响，我的那个空白，今天回想起来，还是空白，不是苍白哦！苍白起码还是一种白，"空白"是空的，什么都没有，有的也没用，用了也不实。知识长高了点，会写点字，会念点报纸，报纸上还都是一些未必重视真相的新闻，文学类根本不碰，什么叫"思想"？会写，不知其意；"念书"会念，从来没有念懂过！为什么要念书？那就更不懂了，只知道不念会被退学，退学会让父母伤心，这两种，其实是一种，为了不让父母气得说不出话，我就糊里糊涂地在海专毕了业。海专给了我什么？给了我五年的浪荡逍遥，所学所念的知识，基本上全还回去了，只留下学生生活的一些片段回忆，在生命的旅途上，似隐似现，可有可无我不好意思说，但是它就是可有可无。

如今，自己的三个儿女，两个还在念大学，一个正在当兵，不论他们书念得怎么样，起码他们愈来愈清楚，自己孤独地面对自己的时候，外界将会发生怎样的关系，所以他们就学会了如何孤独地面对自己，如何不抱怨，如何找寻各种环境里会让人产生的"羁绊"（意思是指命运促成的一种连接吧），而去使这些免不掉的羁绊，成为一种生命的动力。换句话说：他们的教育，已经似乎让他们自己意识到了，不要再下废棋的概念。甚至于我几乎感觉到，他们好像意识到了自己过去的迷失、荒废，似乎还能在他们心中，被他们自己。整理、反省出一种全新的"意义再生"。

我和拙荆，没结错婚，没生错孩子。因为他们的成长，我们全程参与了，那么，我们自己的生命也得到了一种"意义的再生"。教育啊，教育啊，怎么能不注意啊！我们这些过来人。

2012 年 1 月

三个孩子小时候的样子

爱的寂寞

　　小学六年级时，有一篇阅读测验，文中说，纽约的帝国大厦，当年在建到快完工时，有两个年轻的工程师，搭着同一部工作电梯，上到高空的时候，突然间钢索断了一条，电梯歪了，两个人的专业都很清楚电梯是承受不了目前的重量，其中一位工程师立刻向另一位哀求，说我不能死啊！家里还有老母、亲人什么的。另一位工程师，在听完他哀求的第一时间，只安静地说了一声"当然"，就松手下去了……我们全班都好唏嘘、好感动这一段！老师跟我们说："这就是'绅士'。"难怪今天绅士愈来愈少了，大家都不想当。如果老师跟我们说："这个不是人，是神！而且他跳下去的时候，随着仙乐而去……"那今天的绅士可能就会多些了，不过这种绅士当了有什么用？还不如去当民意代表呢！想骂谁就骂谁……别怪我没礼貌，这是教育造成的。总之，在那个小故事里，我们看到了爱，超过勇敢的爱！

最近又在电视上看到那个叫"小豆豆"的孩子，因为癌症去世了，这么小的年纪，帮父亲摆摊子，赚一点点的钱，要给自己治病，还要鼓励父母不要难过，大家都在电视上认识这个小朋友。一年多后，他走了，我们到底是要可怜这位早逝的小孩？还是可怜他失去爱子的一对父母？还是应该可怜我们的新闻处理方式？还是干脆来重新讨论一下，到底是失去父母的孤儿可怜？还是失去孩子的大人可怜？如果是这种选择，那是不是可以用谁的情况严重，就多可怜谁一些？

那么，谁的情况比较严重呢？话题往往都是比较关注弱者，谁是弱者？哦！小孩，错了。都非常可怜？这是废话！唉！活着比死还痛苦的大人，是因为失去了他们的最爱。

大约二十年前，我曾经在一个社教节目里，去台大医院的一个儿童重症病房作采访。十二岁以下的儿童，在面临癌症末期，并且被医生安排进重症病房时，也就是医学已经宣判他们来日不多了。可是你可以感觉到，他们大多都是安静地面对，反而是大人的心痛、不安和深沉的难过，在偷偷地找地方藏。到最后的时候，孩子们都互相学会了反过来安慰大人，爸爸、妈妈，你们不要难过，谢谢你们那么关心我，我下辈子还要做你们的子女，等等让人鼻酸的话，这都是真的。

孩子们为什么面对死亡都这么洒脱？一个医生在聊天时，突然间让我们明白，原来儿童对死亡的认识根本就不多，换句话说，他们生存的经验，还没有造成他们的不能够失去这一切，活得愈长，愈不容易面对死。死对大人来讲，有各种可怕的表示，对小孩来讲没有那么多包袱，所以，他们往往就感觉不到生命有多可贵，多让人留恋，甚至有什么美好，他们只是看大人都没办法了，就接受了。

天哪！如果是这样的，那么，在天灾里失去父母的孤儿，因为还不太清楚，也比较不出什么叫失去，加上成长的忙碌，使人类会忘却痛苦，所以我们十年后再见到那孤儿，已经成为一个充满阳光、力求上进的人，或者起码在他脸上已经读不到那么多失去亲人的痛苦了。反观，失去一个小孩的父母们，从小孩失去生命的那一天开始，一辈子都无法再真正欢笑了。

大地震中，存活的孤儿，被关注的永远多过失去儿女的人……是我们认识错了？还是我们已经没有能力，去关怀那些……父母们。

2012 年 3 月

春风春雨

"又是一年春风，吹白了多少少年头，多少壮怀……"小学五年级的时候就会唱的一首歌《春风春雨》，男女合唱，歌手男的穿长袍，女的穿夹袄，很保守、很礼貌地站在两个或者共享一个麦克风的前面，也不知道是谁教他们的，也不知道他们脑子里在想什么，为什么要这么唱？反正字正腔圆，用自己认为最合适的情绪，或按照教官所指点的方法，一气呵成地唱完，缓缓向观众一鞠躬，在观众的掌声中回去后台。

台下的大人或小孩都会觉得，这应该还算是一首不太肉麻的，大陆所谓的"主旋律歌曲"。当年诸如此类的"主旋律"、思乡、愤慨、励志、小调的歌曲非常流行，与它们并存的还有《绿岛小夜曲》呀，《天上的明月光》呀，《汉家郎》呀什么的，到今天，一律都不太听到人唱了，基本上它们的年代全过了。很少的几首，包括闽南语歌曲，还是留了下来，所谓的"主旋律歌曲"，再也没人唱了，好像也找不到理由唱了，大概也不好意思唱了。
为什么呢?

　　写到这里，我身后慢慢飘过来一个人，是我九十一岁的妈妈。她完全不关心、也不知道我在写什么，当年她还字正腔圆地教我唱过两句，她唱得比任何邻居妈妈都好听，她喝了一口水，又飘回屋里去睡了……我想到《春风春雨》其中的一句"多少傲骨，埋进了荒丘……"

　　时代、人心、文化、科技这些无常的活动，穿着代代相同的风，代代相同的雨，在人类的走廊里出来进去……没有静止过，就算有静止，在那个空洞的人类走廊里，似乎还听得到每一个年代的人，在那里聊天、谈笑，言言语语，各过各的。

　　别老跟自己说三十而立、四十而不惑、七十而自由自在、过去我怎么怎么、现在我如何如何，这都没用了。就是"现在"，现在在深山里，就深山里，在沙漠里就沙漠里，在大海的风口浪尖里，就风口浪尖里，在大粪坑里? 那……如果能待得住，那也就在粪坑里了。只要一想到万一，隧道里着火的那辆车是我! 就算在哪里都得"该干什么干什么"……"天地不仁，以万物为刍狗"，上天有好生之德。谁也不能怨，自己过自己的，自己先把门前雪扫好了，家家户户都扫好了，别瞎管人家或者另一条街的人有没有扫干净，就扫自己的，专心地扫，扫一辈子，保证反而安然无事。那些在大声疾呼"天下人要出来管天下事"的人，真是不知道该说他们什么好，只能说他们还不知道天下人真要站出来瞎管天下事的代价有多大！多大？我们应该愈来愈清楚这笔账了。

可是，这十五六年以来，我漂泊的生活、工作在海峡两岸，我到底还是愈来愈喜欢台湾了，我觉得它干净、不自大，气候属于我，吃得好，喝得好，医疗好，街上的人好，下一代的会很强，很好。我现在到处努力工作，等我老年，在台湾的任何一个角落，安静地生活着，我放心，安心，我高兴！我爱它！就是它了！

2012 年 6 月

人生啊！不就是个"情"字

又一次从大陆拍完戏回家来，这回去了近四个月，辛不辛苦就不提了，认识的人和碰见的事，则永远很新鲜，都让自己感触良多……回家，下飞机，出机场就开始高兴了。一直到笑着进家门，看到老母亲胃口很好地在吃饭，她安静得像个少女，静静地吃着，我就坐在旁边静静地看她吃。因为妈妈耳朵重听得厉害，所以我也不多说什么，她会告诉你她现在想说的事。我很珍惜她，也不知怎地，反正我就是多听她说话，多摸摸她，多给她拍些照片。她以前还会摆个姿势或做好了表情给我拍，现在她不管这些了，你想怎么拍就怎么拍吧！

妈妈今年九十整了，脑子好清楚，只是血糖有时飙高，会产生幻觉。她刚遇到这事有些惊讶，当医生说明原委后，她就笑着说了一句："那我不成了神经病了？刚才那样子好丢人呐！"前一阵她跟我女儿说："我最近要是看到什么奇怪的东西，先看看别人有没有反应，别人没反应我就不多问了。有的时候觉得车座后面有两只公鸡，好清楚，我就用伞去捅它们两下，再看，就没了，就不必和别人说，自己解决了。"

前一阵子，妈妈住院，天主教医院，出院后她信了教，很高兴，我劝她劝了几十年信信佛教、念念经什么的，她从来只信自己，这回居然信了天主。我很惊讶，我就问她怎么回事呢？她就只说，省事儿！天主保佑，妈妈最近精神气色都还不错，脸上的宁静是前所没有的，我到了妈妈这岁数，真不知道在哪儿呢！人生啊！不就是个"情"字。

其实人生的许多时候就是"记得"还是"不记得"了，记得又能记得多少？所以大家忙着记，记这个记那个，团体记，个人记，国家记，社会记，干脆又发明照相机，拍吧！记吧！早晚还是会忘的。

我以前用过的一段广告词，很多人听过，里面每一个字都是我写的稿子："我说，人为什么要拍照，人活得好好的他为什么要拍照？哦！到底是为了要回味，回什么味？回自己的味，回自己和大家生活的味，回经历和体验的味，回感受深刻的味，回悲欢离合喜怒哀乐的味。什么味的照片才叫好？拍得漂亮，拍得潇洒，拍得清楚，拍得得意，拍得精彩拍得出色，拍得深情拍得智慧，拍得天真浪漫返璞归真，拍得喜事连连无怨无悔，拍得恍然大悟破镜重圆，拍得平常心是道，拍得日日好日年年好年，如梦似真止于至善，我的天啊！什么软片这么好？Konica Kala （color）——它抓得住我，一次 OK。"

我还没写全，但是现在想来，这个"拍"字，就是所有的"记"，记录的记，表现的记，热情悲伤、冷静沉思的"记"而已，我要是真能把自己的生活记得如此多彩，记得那么丰富，我就可以化成一缕青烟，扬长而去了。虽然这些对任何人都不重要。

可是今天这个社会，那些新闻，常常会挡住你的手，遮住你的眼，让你拍不到那些想拍的，唉！真是"人比人得死，货比货得扔"啊！湖海兄弟不供我，如果有"艺"，那就"论家门"吧！咱们，下回分解。

2012 年 8 月

我和妈妈在关西家中，这是她临终前一年拍的照

我内人

　　丽钦二十五岁与我相识，二十六岁我们结婚，二十七岁开始，两年各生一个小孩，所以当她三十一岁时，我们已经生完了三个小孩，二男一女。过来人都知道，带孩子比生孩子要辛苦很多，操心很多，时间占掉的，自然也多了。

　　她在二十岁的时候，认识了岭南派的国画；资深而才气横溢的房若讯老师收了她。丽钦开始推开了中国山水画的一扇门，接触了中国传统绘画的熏陶，包括工笔、写意的花鸟和山水的基本技法。由于她自小学时期，就经常代表学校参加全台湾的画画比赛，屡屡得到金奖、佳作等。所以，绘画这一件事对她来说，应该是有兴趣、又有点悟性的。跟她在一起生活这些年，她也确实如此；连女儿也深受影响，在温哥华已经念完美术系。

　　丽钦学画用功，比方说她的老师建议她专心画墨牡丹，她就闷头画了半年，天天画，从中间体会到的"墨分五色"的感受，增进了很多对水与墨的认识与拿捏。难怪她在二十三岁时，便在老师的建议下，在自宅成立了"紫玉轩"教授岭南派的国画教室；也在台湾的政治大学教职员绘画社的邀请下，教了四年画，四年后，她才二十七岁。

放下画笔走入家庭

后来为了当一个全职的家庭主妇，丽钦停止了画国画的教与学。因为维护一个家庭的幸福成长，是我们俩共同的愿望。所以我去赚钱，她来付出，抚养、教育我们的三个小孩儿。

她常常跟我说起，她在跟老师学画期间，有一年左右，风雨无阻地，每天早上九点在老师的画室，画到晚上九点，自己替老师锁好门，回家。老师偶尔会出去应酬、打牌什么的，就放她一人去画、去临、去研究；偶尔，老师会错把她的画稿，当成了自己画的，小错误中，也成为师徒之间的趣事。由此可见，丽钦在年轻的时候，对中国山水花鸟画的基本技法，产生了不少能力。从岭南派的技法来说，她算得上是"弓马娴熟"了。我真喜欢用这四个字。

结婚，对我们的生活影响太大了，两个人都不能自由自在地过自己的日子，都为了家。家变得最大，最重要，丽钦起码停止画画了二十三年，这二十三年要不停地画？那我今天也不必写这些事儿了。心里除了对丽钦感恩、感谢，就只能努力工作，把所有赚来的钱，都交给她来管理，听起来像是谢谢她！真不好意思，是让她得更多受一份儿累，家事的忙碌可不输给国事，含辛茹苦，生养二男一女，太有成绩了。而且到目前为止，三个小孩个个让我们欢喜，没白生，没白忙。他们渐渐长大了，可以自理了，儿孙自有儿孙福了。三个小孩都记得他们的妈妈很爱画画，经常反过来力劝妈妈能重拾画笔，还挺管事，劝丽钦多画画的时候，比劝我戒烟的时候要多多了。尤其是女儿，自己念了美术系就更希望妈妈与她同画，因此，丽钦还去学了半年多的油画，每张画我都喜欢，因为有感觉。去年，母女在温哥华台商会的邀请下，作了第一次慈善拍卖画展，大概是慈善的关系，丽钦所展出的二十幅花鸟，卖光。真谢谢那些慈善的朋友，慧眼！

重拾画笔再寻艺术之美

接下来，丽钦就开始了，往日脑海里的那些陶醉、体验和对大自然的美的追寻，再度向四面八方伸了出去。看山，看水，看生活，都有了一个新的视角，一个人在苍茫的暮色里，或是静静地坐在黄山上，看着成团的白云，像海水一样，沿着长长的峡谷，涌着涌着，连台北的温泉山谷，和陪我去拍戏的途经沈阳、大连、旅顺和上海的松江公园，都成为她灵机一动的源泉。经常，我去拍戏后回来旅馆，她又完成了几幅小花、小草、老树、飞禽。经常，夜来落雨，窗外的枝叶，和她的画笔像"相见恨晚"的朋友，畅聊了一夜，我经不起这么热烈的感觉——睡着了。

一个画者的孤独，会有利于她沉静的体味。家人的互相探讨，也可以帮她不至于困在自己编结的妄思之中。说好听一点，她画画，家人也都分享了。她要是画到老，旁边茶水伺候的，肯定是我。

2013 年 4 月

近来我最喜欢的一张内人照片

内人画的泼墨牡丹

人如其画

俗话说："往事如烟""人生如梦""过去种种譬如昨日死"，虽然各有各的含意，但是都脱不了"人世无常"或者"把握当下"等等，感叹生命的情意……

婚后一晃二十六载，内人林丽钦绝少再动画笔。最近，居然频频重拾笔墨，每每画出一些令我喜欢甚至感动的作品。原来二十多年的家庭主妇，生活琐事，并没有淹没她对画画的兴趣和印象练习。人的生活不能没有"割舍"，"割"跟"舍"要做得恰当而意义向上，其实很难。割不好就往事如"烟"，舍不好就"只见其事，不见其功"。割得好舍得好而换来了新的生活目标和力量，却把当年割舍的东西还能拿回来！那就挺不错了，那就"往事并不如烟""人生一如美梦"，昨日死或不死，也都如同今日生了！看到自己的恩人、山妻，能有一个中老年后的精神生活，追美的园地，先替她高兴；自己老的时候，演不动戏的时候，也应该计划计划，或许这种事是无法计划的，希望我能如她一般幸运，快乐、平静地守在她的身旁。

钦，最近又完成两张国画，一张《八喜图》，一张《黄山的云海》。见其画如见其人、其心。这些年，尤其让我看到她的内在活动。结婚初期，谁也不是生活的专家，她要进入一个夫家，开始生儿育女、操持家务，我母亲年纪虽大，精力却无与伦比，一旦发生婆媳之战，可不是"人之常情"就可以轻易略过的。钦，为了家庭和睦，隐忍一切，低调求和谐，受了任何精神上的折磨，大多不跟我提一句，怕我着急上火。就这么含辛茹苦、孝顺公婆地直到母亲去世，母亲临终前跟丽钦说过多次谢谢……最临终前还问丽钦的大姐：我还有没有罪？丽钦大姐一贯乐观地笑着说：没有了，没有了，上帝早就饶恕你了……谢谢这位天使，传达了上帝的爱。妈妈终其一生是生我养我、抚我育我的妈妈，结果临终前是丽钦的家人在旁服侍……我怎能不感谢丽钦？

三言两语说完了丽钦压抑中带着成长的婚后生活，她的《八喜图》是八只喜鹊健康活泼地聚在一棵开满了黄花的腊梅树上，那花，那鸟，是她考虑、构思出来，再一笔一笔地练习之后，从画纸上生出来，生出她的技术、心情、愿望和祝福……无所遁形地呈现给观者。起码我，是可以很清楚地闻到那个腊梅的香味和那八只喜鹊所发出来的欢笑和喜悦。那喜悦像一个小媳妇一样，稍一过分就会得意忘形，被人捕捉，就会乐极生悲，但若画得太老实，喜悦得若不忘形，就还不是真正的得意，真正的喜乐。那花，那鸟，那香，让我看到了她的心。

《黄山的云海》画的是黄山之行的某一次写生。山水画的精神不脱大气之余要有精密之处，就像书法的虚实一样，画也有画的"密不透风，疏可走马"的精妙之处。她的黄山，看上去，近处有两棵黄山典型的倒挂松，工笔完成，远处、中处、近处，就是黄山陡峭的山峰，没有什么墨，整张画纸就像一座明朗的大山丛中淌满了云海，云海不过是浓淡相间的数笔，就觉得大气磅礴，比"只在此山中，云深不知处"还要开展，还摄人心魄。我问她，你是怎么会画成这样的？她说，我亲眼看到它们的瞬息万变过。

我的妻子，跟我苦了大半辈子，内心却如此单纯庞大，心胸是这样宽广又澎湃，如果她没生三个小孩，如今不知是什么样的画家。而今，她画出来的三个小孩，我有理由相信，他们都有妈妈的胸襟和感情。

2013 年 11 月

《八喜图》

《黄山的云海》，
边上是夫人和我的
小儿子

家人在哪里，家就在哪里

　　台北今年的春节假期，既匆忙又开心，全家五口人，到了四个，唯独女儿一人在加拿大，她必须上班，请不了假。她学的是画画，把最近的画用微信传给我看，其中有一张是灰蓝的大海，翻着一股排山倒海的巨浪，浪尖上有一艘小船，好像是在打鱼时遇上了，这幅画她说名字叫《爸爸》，我差点没哭出来。女儿还说想再画一幅大山和大树，题目叫《妈妈》。我真是急着想看到，因为是我女儿画的。唉！这孩子，小学五年级还在剧院里跟我一块儿演过尼尔·赛门的《再见女郎》。

　　她弟弟，今年可以从日本回台北过几天年假，我、我内人、大儿子，经常会聊妹妹的画，聊加拿大还有哪些家具，哪些好料子穿得又有感情的外套和一些我们几年前做的红酒。随着这七八年的移民生活，一个家的模型被迁来迁去，拆来装去，许多家具已经快想不起来了，因为散落在苏州、上海、台北、新竹、加拿大，算了，家人在哪里，家不就在哪儿吗？孩子们的生活都各有追寻，跟长大了的树枝一样，向四面八方伸枝——希望他们结无数的硕果。

新年期间重温《金马五十》的重播，看到最明显的一件事，原来是大家都老了，还有故去的，过了两天更听说香港老演员午马也逝世了，又是一位老朋友。活着！！还有什么比活着更值得欢喜的？活在这世界上！随着年纪才知道，以前对生命的价值，委实都太轻估了，所以，我们才不能享有它，譬如——家的幸福。

家最早当然是由两个人组成的，现在的单身汉只要情有所归，也是幸福的家。上古时代的家，多半是山洞，父亲与邻居去洞外打猎，回来全家人就在洞口或洞内，唱歌跳舞烤肉吃。

家是一个可以把环境暂时分开，分隔成内外的一个生活空间，家也是一个可以休养生息，凝聚自我跟亲人的生活空间。回到家，睡觉都睡得不想起来，所有的事情可以暂时"不视""不想"，其实又都"视"都"想"过了，因为轻松了，意念更可以集中了。

家人都集中在家里，话也多了，互相的眼神也看到多了，对某些事务的深入讨论，也就多了。因为与亲人集中，而且能深切体会和关望，所以连穿衣吃饭都美好了，平常的聚少离多，也聊表安慰了。

过年期间跟自己一家人吃饭，还跟自己一大家族吃饭，那不只是在分享食物而已，还分享了生活滋味、资源、信息（有关亲人的），更是分享情爱、分享命运的时刻。难怪古人重视一起吃饭，这正是一家大事，家变成了滋养和分享的空间。我连独自回家，面对空荡荡的屋子，都会笑出声音来，因为我回"家"了。

今年，过年少了母亲，孩子们的奶奶，我深深觉得妈妈还在家里，分享着我们的团聚和聊天。

近十几年来在大陆工作成为我的生活重心，因此一起工作，成为人与人经常相处的主要途径，而一起工作和生活，既有分工合作的事实，又具有陪伴结合在一个共同目标的氛围里成为另一种"家"的关系；良好的工作关系，往往会成为人与人之间的一种强固腰带，因此这种家庭里的成员，除了分享命运，分享忧乐，也一起完成工作。然后回自己真正的家去。

我们都得回家休息、睡眠，台北的家还是大江南北的家，都是补充我精神、精力的地方，所以在旅馆里也不能只有工作，也应当有一切的放松活动时刻，例如喝茶、饮酒、看电视、洗衣服、回微信。这些当然也算是品尝回味生活的时刻。

尽管如此，我还是想"家"，家才是最"顺性"的空间。

祝大家阖家安康，"顺性圆满"。马年干什么都好，就是别让马太累啰！

2014 年 3 月

女儿画的《爸爸》

爸爸都差不多吧？

我的儿子十五岁就只身去美国念高一，大学在加拿大念完，回台湾当兵，退伍就茫然地要成为一个社会人。我在广东拍戏，台湾发生"太阳花学运"，他和他的小学同学也正在这个年纪，看到这么多学生组织起来，而且是学生主动、自动地掀起和进行，电视媒体每天大量地转播，他也经常在电话里给我转播和分析。他的结论是：震撼、沸腾、思考，以及突然发现自己和社会的关系，而且相较之下，他觉得自己太幸运了，觉得他的父亲"太"辛苦了！耶！我感谢"太阳花"能照耀了我们的家，照耀了现在的年轻人，太值得期许了，这是许多地方的年轻人，已经没有了的一种能力和文明。希望他们日后回想这一切，不是被利用了。

最近这一个多月，儿子到北京去生活、工作和学习，他是学表演的，这种人一般被称为"北漂"，我因为没有住在大陆，拍完戏就回台湾，所以我大概算到处去拍戏找工作的"中漂"吧！

儿子不认识大陆的许多事、许多人和许多习惯。

在跟大陆的学生一起排练表演作业的时候，他惊讶地发现很多的同学极不用功，这是很难进来的表演学校，为什么来念了，却又不肯听和练，多半时间在玩，和出去找工作？他不明就里，只有自己专心和老师求教上课，后来发现有个女孩儿跟别人不一样，很用功，他俩自然就变成一组练习的对象。才十天左右儿子告诉我，那个女孩儿，中的有关于表演的毒，更深！所谓"更深"就是在一个成熟的表演概念没有形成之前，"自以为是"的经验就已经领导了这个演员的许多艺术判断和领悟，有点学歪了的意思。我告诉他这没什么，一、死不了，二、要活回来也不难，别把对方的问题想得太严重，如此反而会影响你对不同演员的包容力。我年轻的时候也曾经以为对表演有热诚就够了，或者也会非常自以为是，总之就是不够包容，儿子听了就明白了一些。他跟人沟通的经验和训练确实比较不够，我逐步地跟他讨论和研究与人沟通的问题，儿子每次都愿意听，过了几天又产生一些新的挫折。

他最近常常会失眠，我听了有点焦虑，劝他吃吃中药的安眠药，他告诉我不要焦虑，他现在已经没有那么怕失眠了，刚上大一的时候他就开始失眠了，挣扎、痛苦，又不说，一个人躺在那儿哭！他说都过去了。我还是蛮错愕的，想了好久，才跟他再提起，在这里人生地不熟，要多听多看多学少说。他说他做得不够好，容易把别人对他的一些看法和说法，记在脑子里。我说我们人就只有这么多精力，尽量不要把精力放在细琐或细小的事情上，要放在大目标上。我说完了好像孩子听了有点用，但是觉得自己非常笨，说得非常不到位，不能帮孩子真正化解心中的挫折。

睡觉了，两个小时后又醒来发短信给他："智慧如救火，要点在时机，爸爸一直缺少这种智慧，一如你在'太阳花学运'的过程中看到你自己跟世界的关系，在北京什么事都可能让你一个台湾来的孩子不理解。不要慌，顺便也对照一下自己的问题，你去北京这短短的两个月所发生的各种境况，都不要太早下定论，以至于让自己无端地受挫折。不要抱怨，现在你在抱怨的人，可能会是你的贵人，动心忍性，接受环境给你带来的挑战。有任何事，请常跟爸爸商量、讨论，加油！"

唉！我是真笨，还写给人看了。是不是现在的爸爸都差不多？当然不好这样想。

2014 年 6 月

社会是不是病了

台北地铁上一个年轻人手持尖刀随意杀人事件，轰动了社会一下，引起不少反响。我们几个老朋友聊起这件事，第一个反应是当时如果我们自己也在车厢里，会有什么反应。我说不知道，我可能会先逃离现场，也可能非常惊吓而失去冷静的判断。另外一位老友比我还大三岁，从小就打打杀杀长大的，他也说不知道，因为现在年纪大了，手脚自然慢了许多，应该也是以守为攻，见机行事。他说连另外一位更擅于打架的朋友，都未必能淡定地处理。后来在电视上看到受难的家属悲痛地重复说着：我们的社会是不是病了……等等经常会听到的话。

"社会是不是病了？"这句话再说也没多大意思了，似乎已经成为受难的人唯一能对媒体求救的信号。但是话太老了，听的人无可奈何，又无动于衷。

我三个小孩当中有两个有过动症，老大和老三。老三好强更多一些，他在四五年前就从网络上发现自己应该是有过动症，学习很有障碍，跟我们讨论都没什么好结论，他很挫折很在意，一直不停地在找方法，找救兵。后来他发现哥哥也有，而且还应该是属于"亚斯伯格"症，亚斯伯格症发展到极致，就可能会是地铁上随意杀人的年轻人，也可能会是天才的发明家。

换句话说，举一反三地说，过动症、忧郁症、自闭症、躁郁症，都是可以从轻变重，从平常发展成悲剧的。经过这次地铁杀人事件，我们也更多地关注和讨论了过动症，惊讶地感受到，原来我们这个社会对这些自古就有的时尚病，一直就不够了解，乃至疏于关怀，不太碰触，从而助长了这些病的成长和被漠视。

什么过去不读书现在已经输，不要让孩子输在起跑点，不能不读书不要怕读书，读书要及时不能再误时，现在多读书将来不会输……云云，对正常可以用功的孩子来说，这些话不用多说，但是对有以上病症，尤其是过动症的人来说，不但是白说，还是一种无谓的压力。

小儿子现在一家日本公司当实习生，他很高兴能被录取去实习，但是很快地就发现自己什么都跟不上。倒不完全是日语程度的问题，其实他日语程度够好，可是他愈想做好一件事就愈无法执行，甚至老板和上级跟他直接指示或交代任务时，他不是听不懂，而是无法听进去，又不好意思打破砂锅问到底，就自己闷在心里，一天，两天，一周，两周，连续没有进步。他在电话里一一细述给我听，有的时候很平静地说，有的时候很挫折很无奈地跟我说。我试着建议他怎么去做，鼓励他，肯定他，可是他很清醒地跟我说：其实公司里的人对他很礼貌，但是又把他当成一个很懒惰的废人。我听了觉得好严重，难过得说不出话来，还好是打电话，他没看到我的表情。

我劝他丢掉这些挫折，提早问该问的问题，提早复习明日的工作，不要将前些日子的阴影放在心上，就像我们在舞台演戏，万一哪里演错了，不要在意，不要心里受影响，继续专注在后面的戏，否则错误可能会一再发生。

我提醒他：天生我材必有用，哪里跌倒就哪里站起来。一定有一天会穿过这片阴晴的山谷，渐渐就会听到潺潺的水声，路会傍山而开，你也会拨云见日。加油，杀出原地，改变现状，你都知道怎么做，不要害羞，想说什么就说，想回答就回答，出不了多大的错，差不多的错也出完了，何况你心中都明白。先不要急，不要太要好心切，不要太不自信，最主要的是，你以为的那一切，都没有发生，你希望的那一切，都会逐渐出现，而且会很快，有爸妈陪你，在你心里陪着你。先不要太晚睡，先让自己体力充沛。他回答我："明白，我去做！"

做父母的除了生育、养育孩子，其实基本的工作是教育。所以地铁上杀人的那个年轻人，不是专家的事，而是人人的事业，否则，人类还发明"教育"干什么？

2014 年 7 月

PS:

地铁上杀人的年轻人于 2016 年 5 月被枪决于台北监狱。

先管自己家的事吧

小孩真是愈来愈大了，全世界因为他们的长大而改变，他们好像也因为长大的需要，面对着这个世界，而在"应变"。谁都不知道未来会变成什么样，只能看着电视，瞅着新闻，或者从大家聊天的口中，真正反映出人们在改变环境，以及被环境牵着走。谁都希望未来是好日子，谁都知道世界的环保或者环境，已经愈来愈不乐观，可是谁都管不了谁。

这种情形好像一年比一年严重，是不是大家都有空想到这些？或者也都这么想？一个社会的经济秩序如果乱了，或者没了，有钱跟没钱其实差别也不大了。演戏还好，因为一向自食其力，老了没有退休金拿是本来的，可是社会穷了，戏演起来待遇会变少？还是反而变多？这是一个很无聊又吊诡的问题，但是，日子走到哪里都得过。冰岛、希腊，正在上演二十一世纪全人类都没看过的经济游戏，这个游戏对全世界有什么影响？是切断损失随他们自生自灭？还是他们根本没事，别的社会反而先打起来了？

甭想那么多，先管自己家的事吧？自己家又有什么事呢？不就是孩子愈来愈大了吗？做家长的得调整调整对孩子的关心和教育的方法吗？不就是孩子只要健康平安就行了吗？买不起房子的还是会有地方住的，吃不起豪华饭店的依然有开心度日还能去当义工的，各地方政府欠的债愈来愈多，老人和小孩将来谁倒霉还不知道，爱国、爱乡还不如先爱自己，早就是这几十年的真理。爱艺术？也有人在爱！怎么爱？爱什么艺术？为什么爱？又不知道了，因为这些问题和答案也一直在变。爱的最基本对象，就是自己跟自己的家人。

我们家在移民加拿大之前，有一个很舒服很大的房子在台北，东西很多又很整齐，三个小孩跟妈妈去了加拿大念书，家也不大了，东西都分散变少了，家里也整齐不起来了。念完书，回台湾，房子卖早了，涨了四倍！买不回来了，原来那个家，连地板都是黄花梨木的！现在纯粹只剩下了回忆。家具有的放在新店一间租的房子，有的放在偶尔回去的新竹关西小镇的一间公寓房子里。在台湾我们有三个家，也像三个歇脚处，经常开着老爷车三处看看、住住，吃吃、睡睡！

感慨，无奈，却也乱中有序，开开心心，就是一直看着自己的孩子，跟全世界的孩子一起在长大，我们每一个家的客厅跟书桌，都乱得没法形容，但是不会找不到什么，每天在用新的眼光和心情看我们家所在的不同地方……连最没有什么好变的加拿大，都一直在变，而且变得也会吓人一跳，因为那两个党对待移民的态度很不相同。

想想小时候生活的青山绿水，炊烟四起……想想结婚后的携儿带女搂着妻子，想想与家人分隔两岸工作，孤独、炎热、寒冷……想想自己和自己的老伴两鬓斑白，还得想想往后的日子，要怎么过？不想了！来吧！谁怕谁！从小就没怕过，怎么想……还是这么回事。感谢我的父母，我的家人，你们就是我的一切，除了爱你们，没了！

2015 年 8 月

我家的合影，都是想到了，就来一张

一个演员的生活笔记

家鸡

　　我养过狗，看过狗对人类的珍惜和在乎，相信很多朋友都有过，养狗养得很心疼的经验，我们也从狗的身上，看到甚至学到也只有狗身上才有的忠心，或者说诚实，或者说善良吧。

　　三个多月前，有一位养鸡的人家，据说他们有十几二十只鸡要弃养了，送人又送不完，没那么多人要，要了也不敢杀，所以主人还有点着急。辗转地，有朋友问我们要不要养，因为我最近愈来愈不在台北都市里住了，多半时间都住在新竹的关西镇山区里，地方是有的，养两只鸡足够了。所以它们俩就被送来了，一公一母，据说是日本种的鸡，喜欢住在高的地方，比方说树干上。果然，我们院里没有太合适的树，它们俩就在门口放着的一个长条椅子上，自动选择了椅子的背，作为它们栖息的地方。我们看了看，好像也只有那里适合它们住，就没有干涉。另外找了一间养狗的小房子，架高一点，里面铺了一些干草，就变成一个挺干净、又有隐秘感的窝了。

　　母鸡和公鸡一直就很恩爱，用恩爱两个字来形容，就是因为公鸡始终护着母鸡，一遇到有人靠近，公鸡总是大胆地向前两步，警戒地观察动静，母的就在公的身后，注意着动静，一前一后老是不远地跟着，公母相随，应该说是夫妻相随，因为它们每天几乎都做好几次爱做的事。母鸡天生会生蛋，受过精的蛋是可以孵小鸡的，母鸡自动找到了那个为它做的窝，每天中午左右就进去生一个蛋，被我们连着拿走好几天的蛋，吃了。它也不会数，也不觉得遗失了什么，每天还是跟公鸡在后院的广大草原上觅食，我们喂它们的饲料，充足地随意它们吃喝。

　　母鸡生蛋需要营养，在觅食时公鸡只要找到比较好吃的虫子，一定停下来看守着，轻轻地叫着母鸡，母鸡很理所当然地就走过来，或者跑过来，毫不客气地就吃下去了。公鸡很高兴为母鸡做了这个服务，又精神抖擞地振振翅膀，继续用雄鸡的爪子，刨土觅食。我们的后院，有近一千三百平方米左右，够它俩游荡和生活的。母鸡一进窝生蛋，公的就守在窝外，也不知道是在防御还是呵护，反正看起来就是很体贴的绅士一般，令人尊敬，使人羡慕。

　　从它们身上，我们一直可以看到，爱就是关心，爱就是喜悦，乃至于振臂高呼，互相协助。如果爱就是被人类说滥的是"分享"，是"关心"，是"扶持"，那它们俩啥也不说，就是"执行"，它们想不想有爱的结晶？我想得太多了，它们是随心随兴地在大自然的美丽后院中，朝夕相处，努力相爱。

后来，我们就试着不再拿走母鸡生的蛋，累积到了八颗左右，母鸡开始不再生蛋了。每天，每天，二十四小时地，卧在鸡蛋上面孵蛋。我们把吃的喝的都放在窝里面，它只需要伸伸脖子，就可以吃到喝到，补充体力。奇怪，它对饲料却视若无睹，每天就出来一下下，大约三五分钟，吃点饲料喝点水，又回窝里，继续孵蛋，非常辛苦。我们也不懂，所以也不知道该帮什么忙。

它连着孵了一个月！我们用常识推断也觉得不对了，我就用手去摸那些蛋，母鸡虽然已经认识我了，还是会本能地保护着蛋，用它的嘴啄了我十几下，最后还是不惊不慌地，被我用手把它捞出窝来，它想往回走，我又温柔地把它捞到公鸡身旁。它终于不再回窝，迈着稍显疲倦的步子，叫了几声，声音里没有什么惊吓，也不是不甘心，就是自然地叫了几声，随公的一块去觅食了。我们检查了一下蛋，多半已经腐败了，生命的诞生这么难。希望它俩在我们的院子里，快乐健康地活到很久。

2016 年 2 月

这些就是我家养的家鸡

没什么好刻意的

美丽的人生，美丽的地球，美丽的童年，美丽空涩的童居，美丽的校园，美丽的海员生活，美丽的喜马拉雅山，美丽的可怕爱情，美丽的成家立业、娶妻生子，美丽的岁月，美丽的皱纹，甚至于美丽的慎终追远来看待庄严，这是我自己最近的感受。

美丽到现在，我住在新竹的一个群山环抱的小山村，一半高山族，一半平地客，外来的人，或许以养老而买地自建农舍的居多。我们这条山里唯一的公路叫"罗马公路"，还没搞清楚为什么要这么叫，但是很美丽，不突出，很平凡，就是很美丽。空气基本是甜的，萤火虫的季节快来了，我们后院，会先有十几只出现，继而大量地出现，有上万只左右，够亮了，不能说它们不美丽。

院子有三四个篮球场大，背山，面对西边的一个山口。夕阳西下时，是田园生活最轻松的时刻，山坡的大树上有猴子，偶尔会来参观我们这个小院，主要是那几棵还没结果子的果树！我已经准备好冲天炮等它们越境时欢迎用，有效，我年轻时在大禹岭就用过这招，连天上的老鹰都怕，我又很会放，指哪飞哪，"碰"的一声，人类的小意思，猴子一个礼拜不敢再来。院子里多了用手喂出来的四只小鸡，特有安全感，它们小，容易被老鹰抓走，我们就是母鸡！

比我们的山村再大点的地方，当然叫镇，镇上麻雀虽小，五脏俱全，就是没有会冒烟的工厂和化工厂，也没有大型的医院，没有电影院，有几家很地道又好吃的餐馆，有两三位很好的医生开着小诊所，还有超音波、X光。这个小镇四面环山，准确地说像阿拉伯数字的"6"，我们就住在那个圆圈里，我们的村，我的山居，就在山口，常常虚幻地会感觉看到《风之谷》里的飞行器，沿着"6"的直线，飞进谷里来——飞进一个安宁又活跃的所在，翠绿的农作物和山、树，被风任意地拂着拂着……

镇上的街道，新的老的加起来，也不过横竖十几条，老的有老到清朝的。日据时期的茶叶加工厂，街道的名字还有"北平"路？主要的街道边有一个九十多年的天主堂，好安详地挺立在十字街边，里面经常会看到一些老太太坐在树荫下聊天，一问，其中有人已经九十六岁了，那么就问其他几位呢？老太太直接回答，我们是小学同学啦！天呐，四位都九十六或九十七了？看起来像七十出头的妇女。这个镇，最多的时候人口有三万多人，而年龄超过一百岁的就有十几位，九十岁以上的就有几十位上百位。为什么会这样？不知道！但是空气和水一定是原因之一，有机的蔬菜类也够普遍，正在增多。

几十年来，这个镇居然没有太多的变化，几乎没有，公共建设只是有而已，也够用，因为大家蛮会自扫门前雪的。还有一个重要的原因，据说，这个镇好几届的镇长，选上以后都不太干事，所以几十年就没有什么变化。这个，没有什么变化的变化，使这个镇变得美丽、自然，朴素又安康，镇上的商家、学校还用着七八十年以前的窝，只是外表变了变瓷砖而已。小学今年是一百零六年校庆，校园里有一棵樟树就谦虚而美丽地站在墙边，有六层楼高，它会告诉你这个小镇更多的故事，这个小镇叫关西，在新竹县内，我都不太想说，我怕太多人搬进来住。

2016 年 4 月

关西小镇上的家

Chapter 4

单口相声

亚洲铁人——杨传广

杨传广，死了，当代的英雄。听说他老的时候在台东，选过民意代表，晚年潦倒，学了些乩童的本事，身高一百八十六厘米，在一个不知名的庙里，予人问签解惑，混口饭吃。他是台东的少数民族，哪一族的？对不起我真的忘了，他中年的时候，还发起过全台湾的一人一元运动，想为台湾做些好事，什么样的运动我都忘了，反正没有成功，也没什么绩效，不了了之了。

山里来的孩子　跑上世界的巅峰

四十八年以前，我十二岁，这不重要。那年夏天，在意大利的罗马，举办了一届奥运，这也不重要，那年代的奥运还没有电视转播，这还是不重要，可是，几乎全世界的人，都会开始注意奥运了。那年，在美国训练了几年的杨传广，获得了男子十项全能运动的银牌，这可是个大奖，很大的一个奖，前所未有的。

那个时候的少数民族，没有很强的国别感，只是在内心里认为自己是在大山大水里长大的孩子。杨传广二十一岁才被发现是可造之才，才开始练田径，二十九岁就破过全台湾的一堆纪录，三十岁那年就破了世界十项全能的总分纪录。后来，计分的方式改变了，他的纪录也就不重要了。那个年代，他在台湾的日据时代长大，后来被送去美国，在美国学会了英文，受到了一流的田径教育，在美国成家，似乎成了美国人。他天赋过人，学什么都一学就会，跑的、跳的、掷的，悟性极高。第一次参加比赛，就在马尼拉得了亚运的十项全能金牌；送到美国没几年，世界闻名；回台湾，蒋介石曾经召见他，老蒋身高够高，站在一块儿，却比他矮好多，他黑亮的身影，肌肉长满全身，充满台湾高山的阳光……

在他的教育里，美国使他成名，家乡则如沐春风。个性让他回归大自然，在台湾的教育界、商业界、政治界被文明人使用过一圈以后，他离婚了，他落选了，他破产了，他离开都市和人群了。后来有人在台东的那个有幸的庙，发现一个体型壮硕的老人，会讲台湾少数民族语和台湾闽南语，还懂中文、日文和英文，在给人接神问事，后来才知道他年轻的故事，才知道他就是那个亚洲铁人——杨传广。多好的名字，多好的身材，多好的悟性，是谁让他来到这个世界，留下这么一个戏剧性的人生，在他七十四岁那年，独身，中风，走了。

他在充满爱的机会里　失去了爱的领会能力

他在宗教里受过教育，在教育里得到过自我的肯定，不知道是从什么时候开始，他渐渐地失去了自我肯定，也就失去了人与人的相互肯定，甚至，相互扶持。不能只归因到他的脾气或修养，当他开始畏惧我们这个社会、怀疑自己能力的时候，他就会畏惧来自社会的赠与和协助，他就会愈来愈相信他的来处，他从山里来的，爱的赠与，使人相互扶持，一起成长，而不是一些名或者报酬性的奖赏。不能够接受，更痛苦地说——不懂得接受赠与的人，就不能领会爱，不管是哪一种形式的爱。大家从小就知道——花是接受春天的赠与而开放自己，树是接受雨露的赠与而茁壮自己。杨传广先生，到底问题是出在哪里？是他在充满爱的机会里，失去了爱的领会能力？如果，他没有走出山林，他会是台湾少数民族中的神话人物，他会是一个最好的猎人，知道每一条独登雪峰的绝径，能结出最好的竹筏或篱笆，做最好的山刀，舞最美的战舞，变成大自然和人之间的歌颂、歌谣。

说了半天，这个已成浮云的亚洲铁人，是教育和人群忽略了对他的爱？还是金牌、银牌把人害的？还是……这位战神，已经在那个有幸的庙里，化成一缕青烟，扬长而去……

2012 年 9 月

有这么一个地方

鼓声渐近了，人多，天阴，打鼓的人有用不完的力气，鼓车前面被押着一个囚犯，是待会就要被问斩的，没人知道他在想什么，起码他走起路还不需要用人扶的。

这是在抗战期间，好像"什么期间"并不重要了，他抢了银楼，合伙的几个人跑了，严刑拷打，他只字不提，打他的人手都软了，心也软了，干脆不问了，请他抽烟，替他疗伤，近乎套起交情了。

此时，要送他上路了，围观的人愈来愈多，愈来愈多。是从他身边走过？还是他从人们的身边走过？不太清楚起来，并不像是他迷惑了，可他也没那么清醒，任凭这一切在他视觉中滑过，他好像看到自己的影子，随着自己走着，走着，走着，他们俩好像走在一起了，走成一个了，这个时候没有太阳，他觉得有"光"在他四周，像黄昏的暗黄色，又好像是亘古以来没有变过的一种光，是外界的光感改变了？还是……还是他自己身上发出来的……光？

他想起了一个已经去世的朋友，在一次喝酒的时候，吟出了两句像诗的话：如果我是踏着梦来的……就让我踏着梦，回去吧！枪声响了，活着的人任务完成，人群，散去了。

他还没走！他的身体倒下了，另外一个他，不是影子，也不像灵魂……像他，在他旁边想走，走不动，因为还有更多的他，想从那个躯壳般的身体里要出来，叫他等等，四周的光都暗下来了，可是天并没有黑，他原来的躯壳只被盖上一片草席，四周围了一小圈的草绳，等人来收尸。

许多的他，都集合好了，准备出发了，往哪里去呢？没有天堂，也没有地狱的人来接他们，他们好像开始冷了，他们渐渐抱在一起，愈抱愈紧，活着的时候，从来不茫然的他，茫然了，黄泉路上无宿店……今夜住谁家？

开始有了些像声音的声音，逐渐地变大变大，一大堆声音在扰攘着。他们想找一条路，找到路是去走下去？还是去散步？去找其他人？还是像生前一样，坐下来先独处一下？这一些，都变成了一个个的符号，一大堆声音，一大堆符号……旁边飘过去几道白云，似乎是有情绪的云……他们想跟着走，跟着云走，某些云变成了一群人，像队伍一样在移动着，有人招手请他或他们一起加入队伍，他们进去了，后来才知道这群人里都是在各种不同地方、被不同原因杀死的，有的人已经好几世都是被人杀死的。

旁边出现了一些摊贩，卖吃的或是卖穿的，队伍里有钱的就去买一些来吃，没钱的……开始抢劫那些有钱的，可是并没有人敢去抢摊贩。用抢来的钱，得花很多倍的钱，才能买到可以买的东西；也有人以货易货，只能用头发和指甲（自己的）换到一滴水……追根究底，这些人不知道真的该往哪儿去，很自由，又没了自由，只知道他们都很珍惜此刻，一个没有深度、广度与高度的——此刻。

我希望有人能把这些小意思，编成一支舞，或是画成一幅画，或者，这只是一个集合过的杂梦。

据说很多年、很多年以后，那个他，不再流浪了，他的名字都不见了，有人叫他"罗汉"。

2013 年 5 月

大人物

　　蒋公，蒋介石先生，到今天人们对他的评语还是充满了狐疑，这个狐疑再简单一点讲就是：时代与时代的不信任，不了解，和不够关心，这是简单的说。很难的我也说不清楚，暂时随他去吧！

　　一九五八年，金门炮战，第二次台湾海峡危机，大事。五九年，台湾八七水灾，大事。六〇年吧，我八岁，我爸那时才四十六岁。夏天，阳光普照的那种天，爸骑着自行车载着我，碰到一件大事：由信义路四段骑到仁爱路敦化南路的圆环，整个一个大圆环人山人海，有警察维持秩序，围着马路边，十字路的每一边，循着北边的方向到松山机场，都是人。应该都是自动来围观的，也应该说是来欢迎的，欢迎谁？美国当时的总统戴维·艾森豪威尔。

　　爸爸把自行车停好，我们在人群的较后方，爸扶我站在自行车后座上，我可以看到好远了，没等多久有两排士兵骑着摩托车开道，后面就是蒋公的凯迪拉克敞篷礼车。当礼车由机场方向往南在圆环转一圈的时候，我清楚地看到蒋介石很亲切地坐在后面微笑，而艾森豪威尔是站在前座的客座位上，站着，左手扶着挡风玻璃，右手向欢迎他的人群招手示意，他是更大的微笑，那个表情是没有发出声音的大笑。当时我才八岁，看他们俩自然是当老头来看，到今天为止，看过多少老人了，记忆里就没看过像他们精神这么好、这么亮的老人，红光满面不说，而且他们俩都很兴奋！尤其是艾森豪威尔，笑得发亮，亮得似乎有光照出来！我就记得这个画面，旁边这么多人的欢呼声以及其他什么事，我一概没记得。

我问爸爸他来台湾干什么？爸爸说他是来帮"我们"的。如今想想，当时那种局势，还真不知道是谁来帮谁的……两个很兴奋的老头，走进历史了。我虽然不"了解"他们，但是我也算看过了，人与人之间，殊不知真正的"了解"是多么稀罕的！

在念海专的时候，常会在西门町逛。有一天中午，在台北"国宾戏院"门口，突然间见到严家淦先生，个子真不高，穿着西装，红光满面，很客气地下了黑色的轿车，迅速地由人迎接进了戏院，当时是早场已过、午场未到的时候，专门为他或他们几位放一场看，大人物嘛！忙，那年头这样看一场电影，情有可原。

还是在海专的时候，我们同学经常会在周末中午下课，去台湾地区行政管理机构的员工餐厅打打牙祭。我和史阳明同学，高高兴兴地走在去往餐厅的花园小径上，快到餐厅的时候，两人同时不说说笑笑了，看到前面走来一个胖一点的中年人，红光满面，愈看愈像蒋经国，又走近了一点，还真是他！他就一个人！

大概是刚刚吃完饭，有点像在散步，很悠闲地朝我们走来，我们俩是真没出息！愈走愈近，愈走愈近，走到七八米远的时候，我们俩自动转弯了！看输他了，比气没比过他，丢人哪！第二天还自嘲地说给同学听，唉！这么杰出的人，我们怎么就不懂得上去跟他问声好呢？他又不是小流氓！我们将心比心，或心里有鬼了。怀念感激他为台湾所付出的心血。那么大的人物，吃饭就吃一个员工餐厅。

年纪愈大，对人的阅历自然较多了，尤其是演员这个工作，去体验一个人或者一件事，或一本书、一支音乐的目的和方法，或许跟其他人会有不同的。

2013 年 7 月

一种人类的情感

最近又重新在网络上看到从我学生时代，到我三十多岁时还红的一个乐团，英国的，叫"皇后乐团"，依然震慑，感动，令我不得不重新把他们拿出来自我回味一番，也可以说是感念一番吧！

主唱弗雷迪·默丘里（Freddie Mercury），大家都叫他弗雷迪，他自己取了后面默丘里的名字，水银的意思。他爸爸原来给他取的是个很奇怪的印度名字，姓也是一个很长的姓。他是印度裔，在非洲出生，英国长大，大学的时候念的是跟声乐、艺术及图形设计有关的专业，钢琴也弹得怪而精彩。许多人都知道他，爱听他唱歌，看他表演，他受到很多英国当代杰出的摇滚前辈的影响，也受到抒情歌手的影响。除了他，其实他的队员们也个个充满才气，而且性格鲜明。

在某一次访问记录中，他们自己也谈道：因为他们各有才气，个性鲜明，所以共同创作时，常常辩论激烈。他们心里都认为，谁要是在创作辩论时，因为受不了别人的意见，受不了别人的冲撞离开乐团，会被视为软弱投降的表现，也就是丧家犬！所以基于他们各自的好胜心，他们才能一关一关地、在处于创作的时候，从自然升起的自私、不同的自以为是、与自我傲慢的人性弱点中走过来，也使他们的乐团在二十多年中，不断地推出对全世界影响深远的"摇滚"音乐歌曲。

岁月一走，时光回头，看着他们当年的舞台表演和 MTV 的设计（他们好像是最早的 MTV 拍摄制作群），我感触良深！他们怎么这么聪明，那么懂得珍惜生活，珍惜才气，珍惜共同的表现。他们这么年轻似乎就完全了然人生最大的艺术，其实就是"表现"，表现到生命结束，都还真心地跟你说——虽然以前的日子都过去了，但是还有一件事情是真实的，那就是当我一看，我发现，我还爱着你。唱完最后一句"我还爱着你"之后，再用化过妆的病容，安详地对着镜头轻轻地说了一句"我还爱着你"。

弗雷迪从此不再表演，两个月以后死了，是由艾滋病带来的支气管炎。临死前一天他才跟媒体说："我得了艾滋。之前（不说），我只是不希望世人同情我，我又希望人类可以尽早找到对抗艾滋这样可怕而无情的疾病。"在英国，居然很多地方可以看到他的粉丝或是后人们为他竖立的铜像，造型多为他在台上表演时的身影。如今，我都过六十了，看看那个时代的人，那个时代的艺术，风尘仆仆而又带着浪子的慈悲，独立苍茫而又潇洒地从世人身边走过。他，主唱者，弗雷迪，把他自己充满痛苦和惊艳的人生遭遇，通过努力学习、反省、团结、表现、艺术加工以后，美呆了！若说人生有何意义，这不就是一种意义？他们真，不撒谎；善，不干掉谁；美，表现得漂亮；寿命的长短，显得不太重要了。

"摇滚"，不能乱摇。摇滚的人，有高远的眼光，却又知道自己的卑小，看起来很叛逆，却表现得不惧亦不喜。苛求这个世界，可是在努力过后又心甘情愿地接受，在某一种目标的追求中，可以虔诚地去奉献自己，乃至塑造自己，有的时候觉得他们很聒噪，可是又看到他们把准备好的东西，在台上投入全副的热诚，又觉得这世界缺少不了他们的聒噪。突然间仰首在历史上想想类似"摇滚"这般自由奔放，又依乐理而行的人……老子？李白？竹林七贤？苏格拉底？米开朗基罗？伽利略？牛顿？不行，外国人要算上就太多了。或者孔子？孔子要玩"摇滚"按理说也应该在七十岁以后了，从心所欲而不逾矩嘛！对，"摇滚"的人就像是一个长大了的小孩。大人，而不失赤子之心者……又会创作，又会"表现"。懂得规矩，又甩得掉规矩的枷锁，早知道我当年就去搞"摇滚"了。

2013 年 10 月

奇人异士

一九八九年第一次回河南老家，遇到许多新鲜事，不胜枚举，可能跟没听过没看过有关系吧，所以印象就很深刻了。说个小故事……

有个姓王的老头，光头，留着很漂亮的白胡须。我看到他的时候他七十左右，应该算是猎人，但是从不用枪或别的武器，他在太行山里经常出任务，每当太行山下的村庄有牛羊家畜等牲口，被猛兽下山吃掉或咬死的时候，就会通知这位王老汉，他有兴趣，就会去出任务。

据说他这一生打了有六十多只豹、十几头老虎，狼无数了。不是用刀枪或陷阱，也没有毒针毒药，他用拳头！真的。

我一开始当然不能全信，可是我们村子里的人都这么说，我便信了一半。走，让我大哥带我去拜访一下他，就住在我们村子旁边两三个村庄外，也是一个小村子，路边大多是高高的白杨树，屋子不大，王老汉出门来接我们，跟着出来的还有一个小孙女，六岁。

闲话一番我就直接请教王老汉："您真是用拳头打豹啊？""是啊！那可不是！"他说。问他如何打的？他轻松聊天说来："其实不难，就是要冷静，看得准，打得稳，你自己一个人就够，人不好带多，就一个人，带够干粮，水就喝山上的，捆绑用的麻绳圈、麻布袋，要有耐心静静地等，或者找。"

通常人遇到豹的时候，豹子是不怕人的，尤其是就你一个人，豹子更不甩你了，它喜欢背对着人坐着，不理你，老汉这时才见机不可失。他会先对着豹大喊一声"打！"，右手也同时作打状，豹子一听到人声会立刻回应一声"嗷！"，然后又不甩不理老汉了。老汉再用力地挑衅它"打！"，豹子又回应一声"嗷！"，有一点不耐烦可能会出现。第三次要再挑衅豹子的时候，就要特别小心，因为它已经失去耐性而心烦了，会突然间凌空扑过来，你只要站稳步子，腰腿合一用力出拳，打中豹子的鼻子，重力加速度，豹子会突然像猫一样半晕在地上，双爪会搓鼻子。这个时候你就快点上去用绳子把它绑起来，套进麻布袋里，扛起来下山，你爱怎么扛就怎么扛！讲完了。打猎结束。至于要走多远？是不是有车来接？要不要先结束豹的生命？每只豹子的反应都是这样吗？没有答案。

老汉有两个儿子，从小看父亲打豹，长大了又协助父亲打豹，直到后来就瞒着老汉，自己上山打豹，这样猎物就属于他们自己的。为此，老汉还多有抱怨。

老汉家里没有什么家具，客人来了坐的椅子，其实不是椅子，只是一堆泥土，外面用豹皮套起来，就当成可以坐的地方，这是我看到的。小客厅墙上挂满了锦旗，各地方人士、地方政府送的，名词花样很多，印象最深刻的，写的是"现代武松"。他曾请我父母吃过一顿中饭，妈妈说他一个人就喝了半锅稀饭、两个馒头、两只鸡！也跟他买过两张豹皮，全身真的找不到一个伤口。

日本电视台来采访过他，请他当场示范，豹子从铁笼里一放出来就扑向他，他就是全力一击，豹子倒地上了，太快，摄影师来不及捕捉！请他重来一次！老汉打死不干，旁边的干部怂恿他：这样才更显您的能耐啊！老汉不便坚持，终于现场重新布置……铁笼一开，仇人见面分外眼红，豹子风一样扑过来，老汉用双手居然抓住豹的双肘，用头用力一撞，豹子再度倒地，大家喝彩。日本电视台工作人员离去，由县政府搬去老汉家的沙发，又送回县府，老汉为此，多有抱怨……河南孟县，我老家。

2014 年 4 月

一场混乱的撤退

长篇（一）

　　早就知道这个世界是许多真真假假加起来的，经常不该相信的事情，被大肆报道和口口相传，反被人深信了。世界、国家、社会，某一部分的社会，都弥漫着各种真真假假，食、衣、住、行，人情世故，乃至养家餬口到普世价值的信念。而，"江湖"更是自古至今，真真假假的、艺术加工的经典领域。

　　一九四九年初春，上海的局势突然吃紧，很多跟政府有点关系的士农工商、军公教人员，都待不下去了，奔走相告，相谈：走，还是不走？走哪去？离开上海？往美国？往欧洲？往香港？还是随国民党去台湾？

　　阴沉沉的春雨，下得特别不主贵。人们对未来没有盼头，兵荒马乱，通货膨胀，钱如废纸，社会秩序乱了。张恨水写的《纸醉金迷》，只描写了一部分的上海人心，蒋介石下令上海撤退实在匆忙，这么大的事！谁还都没什么经验。青岛撤退秩序不乱，早有准备的关系，连兵工厂里的工人家眷、木箱子，甚至玩具，也能带到台湾来。上海，乱、抢、争，比谁幸运谁不幸运。有钱的大商人知道自己留不住，行动得早，把城里的房子、乡下的地通通卖了，买条货轮，四五千吨的，带着家人、纺织用的机器、资深的工人、金条，来到台湾，找机会再创业；还有的去了香港、南洋（东南亚一带），也都是不慌不乱，保留了再起步的实力。

有"上海皇帝"之称的杜月笙，知道共产党不比日本人，不比国民党，江山易主，知难者必退，杜月笙安全地将家业妻小，带到了香港。选香港应该是适合杜先生东山再起的地方，无奈没有多久，他就病重告危。消息传开，大陆、台湾、南洋，帮里帮外，黑白两道，震惊地看待，都派来了人到香港探视，也可以说是"送行"了。

一场大陆的撤退，战乱迁徙，人心浮动中带着焦躁不安，好不容易折腾告一段落，心里那口气一松，病却上来了。一世精明干练的黑道老大，躺在病床上，看着各地赶来看他的朋友……虚弱的身体掩盖不住精明的眼神……似微笑似庄严地只说"大家都有希望……大家都有希望"，不一会，就走了。

杜月笙的行事作风，几乎全写在脸上，就是"你不要乱来！听我的没错！有话你说！别耍花招！否则要你后悔不及！赏罚分不分明我说了算！不服气放马过来"，几十年在上海滩，风格清楚，招牌响亮，从优胜劣汰、弱肉强食的价值观来看，那杜月笙看谁一眼，谁就不得不称他为"先生"，别的都不敢称呼了。这人的表情，看照片都会怕他，怎么长得这么精明？这么不苟言笑？好像是一个没有一句废话的人，派人去杀一个人，结果枪手没成功，第二天与想要杀的人还见到了面，两人都可以像昨天没有发生任何事一样，正常寒暄。

他在自己病重之后，知道可能是大限了，遣散，以及介绍几个好友——有特殊技艺的人给当时的一些朋友，包括介绍一位多年来帮杜先生摆平江湖恩怨的林先生。林先生是宁波人，说话口音和蒋介石的奉化县可以说是相通的，杜先生临终前把林师傅介绍给了蒋介石，因为林先生的太极内功相当深厚，当年也才五十出头，功夫正在炉火纯青的初步，只会更好的一种境界。但是，蒋先生和林先生可能是志不相投，也可能在蒋先生身边，太多人际关系的角力战，林先生离开了，江湖上的人开始注意他……

2014 年 11 月

武术变成了传说

长篇（二）

自古就有"文人相轻"，练武的人更是容易，不止相轻，还会"相妒"，还瞎打听别人如何如何。清末民初的时候，据老人们说：个人武术，修炼得好的，真是大有其人。

大侠霍元甲确实是两膀千斤力，摔、拿、打的功夫是真被江湖上的习武之人服气的。霍元甲当时应天津市政府的要求，为小学生的体育课发展过一些套路拳，比方说弹腿一路二路，给小孩上体育课练着玩，健身强身用的，埋伏拳差不多是给初中生练的，而后来的"迷踪拳"只发展了一半，没有完成，本来是为高中的体育课发展出来的，拳没编完人出事了，被日本人害死。当时"大刀王五"确有其人，为了替霍元甲报仇，还改名为刘五，大刀王五为人义气正直，据说他的后人不再习武，但是枪法练得很好，好像在抗日期间是打游击的。

这一百年来，中国武术由盛变衰，由高深的造诣慢慢地变成了形式化，体操健身化，时间长了，真的就没人相信有轻功、铁砂掌、梅花针、刀枪不入、丧门钉等等十八般武艺了。因为太久没真的看到，那些只能靠人去教人，靠耐心、智慧和缘分才能练到的真功、神功，所以武术的文化已经没了。

燕子李三是民初时的北京飞贼，我母亲上小学的时候，同学经常都会听说他的事，关注他的消息。一会就传说李三又被抓啰，过几天又听大人说李三又跑了！李三又跑了！监狱的设备只能让他自由进出。台湾在日据时代也出过一个飞贼廖添丁，劫富济贫，义贼。一九五几年左右也听说有一个老是抓不着的、很会翻墙越壁的高锦忠，传说中他就不算会轻功的了。

人的身体有太多秘密让人忘了，或者还没有发掘出来。武术，在冷兵器时代曾经有多辉煌，也就只能在武侠小说里绘声绘影一番了。真功夫都难练，比方说金钟罩。一九一九年的上海滩，确实有俄国大力士来挑战，赚比武的钱。比赛徒手即可，没有规则，立下生死契约，打死不负责，没有拳套，没有护具，各凭本事。俄国大力士十分地威风，没人敢比。当时有一个从山东到上海滩来闯天下的武术家马永贞，练的就是金钟罩，强大的内功，力气很大却不胖，山东人拿手的卸骨法他也曾经练习过。马永贞上擂台去挑战，就是高手过招型的，上去抓住大力士的手，他就甩不掉了，用肩膀一顶、二顶，用膝盖在大力士的双腿和腰部端了两下，俄国大力士的双臂就被马永贞卸掉了，骨头脱了，双腿也从大腿根处断了，瘫软在台上抖了很久，瘫了。没到医院就死了。

马永贞因此一战成名，在上海滩声名大噪，便收了不少徒弟，徒弟有的不好好学做人，在外面惹是生非，都是打着马永贞的招牌。时间长了，又没有很好地与外界沟通，各方的势力暗中决定要去掉马永贞。

这个计划是很长的，先悄悄地派一些人去拜师，继而靠近马的身边，取得马的信任，可以信任他们到成为自己的贴身随从，伺候马的起居，打听到马永贞的罩门是在头顶。有一天早上起床，马永贞像往常一样洗脸，洗完脸闭着眼睛伸手要毛巾，突然间一把斧头就砍进了他的头顶，他立刻提气闭住全身的气脉，这时脸上又被洒了一把石灰粉，眼睛睁不开了。马永贞知道自己被人害了，他直奔大门，挡他的人立刻不是被打死就是重伤倒地，斧头再也砍不进去了，把门锁好，闭着眼睛打完最后一口气……这事情是没有被打死的徒弟逃出来说的，可见金钟罩练成了有多可怕！

2014 年 12 月

能聊就是不能来真的

长篇（三）

而马永贞是在闭着眼睛伸手要毛巾的时候遭到攻击，人是放松、没有闭住气的情况下，头顶才会被斧头砍进去。当他开始闭气、防守和攻击时，斧头再也别想伤他，砍在身上如同外面有一层透明的防护罩，就是由体内横生出来，可以笼罩全身的"气"。如今说这种话不知道有几个人能理解，或者相信。

曾经，气场很强的武林……

别不信，一九六一年以前，这种水平的人都还有，相对的，铁砂掌、形意拳的高手也各有其人。一九五五年左右，已经红遍日本职业摔跤界的"力道山"，是由一位韩国华侨、据说也是山东过去的老华人，传授他功夫的。力道山是韩国人，到日本去打天下，不容易，除了一手硬功，摔跤的功夫底子也很齐备。但是在关键时刻要打击对手，或者"毁灭"掉对方时，用的总是"铁砂掌"，据台湾的一些老练家子们判断，他的铁砂掌功力，应该是七成以上了……（十成又是什么样？无法想象）

一九五几年的时候，算是美国职业拳王的乔·路易（Joe Louis）的拳击生涯辉煌期，有一次来台湾，在三军球场举行表演赛，台湾请出当时的亚洲拳王张罗普上台对打。乔先生全身的肌肉线条一亮相，大家立刻同意这个人为什么被媒体称为"褐色炸弹"。他步法稳健却行动如风，大气，双拳不护双颊，只是打开来在前胸两边，等对手过来攻击，他很客气不好意思主攻，张先生只要攻过去，乔先生招来招去两三下，台下便一起"唉呦"一声，令人印象深刻。

当时来参观拳赛的人海中，除了大部分看热闹的观众，也不乏一些生活在武林中的高手——包括少林拳地位很高的韩庆堂老先生，他最擅长的是背穴，就是按到人的穴位之后，加擒拿的手法，瞬间制服对手，在中央警官学校，担任过多年的总教官；还有螳螂拳好手魏笑堂；南京全运会摔跤冠军常东升；以及太极拳界的好手如王延年、郑曼青；还有前面提过的杜月笙先生的好友林师傅……其他不清楚的武林前辈，各门各派的，不计其数了，三军球场，那天晚上，气场很强。

一九六一年到一九八一年，这些台湾的武林高手，老的老，走的走，也有尽力将自己所学传给弟子的，但精彩而得真传的人，寥寥无几。一九九一年以后，市面上教功夫的道场，已经差不多都是活动活动手脚为主、聊一聊中国功夫为辅的一种流行文化了——老师穿一身中国唐装，或者奇怪一点的衣服，上电视聊聊，和学生套好招秀一秀，糊里糊涂，也能聊出来成百上千、乃至于成千上万的学生，来缴费学功夫……"内练一口气、外练筋骨皮"的一般传统功夫，都已经看不太到了。

那，到底有没有人还在练呢？应该是有，但是这年月……就算你练出来了，你敢露吗？你不怕人眼红，不怕得罪一直希望你提供秘方的警方或黑社会组织？除非你只是个三脚猫、半瓶水，不怕出名也不怕丢人，听得多，看得多，就是练成的不多，能说能聊就是不能来真的。这也就算了，打着功夫骗功夫，以人多来招摇赚钱的功夫商人，也不少，心知肚明自己不行，干脆保持沉默，找好扮相，不明就里的学生，一眼看去，也像"功夫高手"，事实上，可能一推就倒了……

2015 年 1 月

某一种仅存的练武者

长篇（四）

一九六四年，台北市吴兴街的环境还很清幽，虽然有个大学已经在了——台北医学院，还有一个百来户的小眷村——四四东村，以及沿着小山坡而建的一些当地居民，没什么汽车，公交车都半小时以上才一班。所以沿着山边小路走到山脚的起点，就已经有清幽的感觉，有一位很有学问的高僧——道安法师，听口音像是江浙一带的宁波人，发心在那里盖了一座两层楼加起来才一百三十几平米的佛堂，那就是松山寺最早的建筑（大约一九五几年就有了）。

道安法师在佛教界的地位很高，台北中央图书馆里有许多唐朝手抄本的佛经，就是他一点点加注和翻译的。他晚上不躺下睡觉，永远是坐着睡，应该就是打坐吧！听人说他修的是"不倒丹"，"不倒丹"这个名词只是一般的称呼，在佛教里的经书当中并不重要。每隔一段时间，阳光充足的天气，他的床就会被管理人员抬出来晒晒，果然只有一米见方，是没法儿躺着睡的，金黄色的丝绸帐子，高贵而美丽。

出家人修出家人的佛法，在家人过在家人的日子。一九六四年，松山寺已经把供奉释迦牟尼佛的大雄宝殿初步完成，寺里住着僧人，也住了一些居士。每到黄昏尾巴，天擦黑的时候，总会看见一个大同中学初一的学生，穿着制服，骑着一辆二八的脚踏车，脸色红润、外貌忠厚的，像下完体育课的样子赶回家，他叫"阿帮"。一晃三年，阿帮初中毕业了，考上了师大附中，大概是功课较忙了，比较没那么常去松山寺，寺里的人口基本没变，只是出家众人有搬进搬出一小部分，寺里的建筑速度，成长得很慢，倒不是老法师的号召力不够，应该是台湾的经济力量还在克难期。

村子里年轻人，凡是好动或者好武的，都知道阿帮是去寺里练功夫的。练什么功？没人知道，村子里的小流氓看到阿帮忠厚有礼貌的样子，也没人去找他麻烦，当然也不知道他到底练得怎么样了。

阿帮在松山寺里是磕头拜的名师，学的是气功。村里的春风少年兄，也就是俗称的小屁孩，练的是打架，偶尔利用打球、踢球、吊单杠来加强一下力量与速度，真打起来，还是得靠经验、靠人多。别看四四东村是个小型的眷村，架可是没少打，太妹偶尔也会参加，当然她们只能算玩票的。村里比较团结的男孩，有个小帮派，叫海盗帮，也曾经有过辉煌期，也都随着阳光灿烂的日子过去了。唯有一位叫"木头"的，练过几招，木头姓穆，虽然只练过几招，可是却练了几年，最多一次是一个人只拿了把木剑，打跑了二十多个恒毅中学的好动小屁孩儿，也算走路有风了。帮派的战争在于团结，在于计划，在于组织严密，然后才在于武器精良与否，跟练不练武功没什么关系，因为真需要害怕、真需要小心的练武者，在那个年代基本没了。

阿帮，算是某一种仅存的练武者，他的身体干净，五脏强大，血液循环可以自动加速，因为练得早，练得勤，时间也不算太短，所以内功气功的门槛，算是进得去了。他出拳很土，但是可以伤人；他的腿没有跆拳道踢得高，但是能把人腿踹断；他没有健身房重量训练出来的肌肉，但是一般人拳打脚踢他到累为止，他没有感觉；他没打过架，也没人打过他，可是他自己知道，他完全可以这样……

村子里的"木头"，是跟一位军人叫"马师傅"练了一些剑式和简单的散手，也是因为练得勤，本人反应也快，算是马师傅较早收的徒弟。

当时的台北医学院，有一个大足球场，校舍之间还有一大片草地，那块草地旁边，就是教学大楼的穿堂，地方够大，够一整个柔道社团的学员在那里练习，还不影响过往的师生，有一位现代的年轻剑客，就是在那里悄悄诞生……

2015 年 3 月

年轻的剑客

长篇（五）

这位年轻剑客叫戴朝南，一九五二年生，个性较木讷，十六岁由士校受训毕业，分发到台北医学院隔壁的一个二级汽车保养厂工作，阶级中士，身体不错，大概也是爱好武术的关系，被马师傅这位终身以练武者自居的老士官长看上了，收戴朝南为徒或者说为"学生"，因为他们的关系是没有磕头的。

戴朝南听话、忠厚，有点像金庸笔下的郭靖，属于恒练型的，话少，用功，每天早上三点就被马师傅叫醒，在北医的大穿堂里压腿、拉筋，基本功很好，大叉、小叉都能劈开到底，后腰也够柔软，大腿粗，胸厚，小手臂大手臂相当有力，三年风雨无阻，一个人在北医大穿堂里，摸着黑练武、练拳、练剑到天明。

在大陆的武术表演还没要传到台湾的电视上时，他的剑法已经相当纯熟！练的是什么剑？没人知道，因为有一部分是马师傅自己编的。马师傅他虽然身材瘦小，可是聪明，没正经拜过师，都是偷学、自修出来的功夫，说高不高，因为不是出自名门名师的教导，可是说低也不低。马先生是个狂爱武术的老军人，速度很快，手上拿一双筷子，双手就舞将起来，连偷带编的，也练出一套蛮好看的"双匕首"！身、手、眼、步、法俱全，功底，比许多人都有，主要的是他脑子里，一直希望可以训练出比他要强的武者，所以，他对年轻人的注意和寻找，没有停过，木头、戴朝南，都是他精心调教出来的。

戴朝南的剑法，刚劲、轻柔、快速、圆融，外围似乎还笼罩着一圈气，非常大气而且好看，实不实用？……那个年代，武术已经很少人去实际验证了，戴朝南的剑法，海峡两岸，难得一见。后来他十九岁时，又随马师傅开始练习铁砂掌，这回可就更是玩真的了。当时也有一个糊涂小屁孩儿，跟戴朝南同年，自小也爱运动，住在四四东村，与马师傅认识几年了，也就被邀和戴朝南一块练起来，两个人练不寂寞，也是风雨无阻。但练到一年多的时候就没练了，戴朝南一个月薪水五千元台币，一半拿去买补肾丸（俗称大力丸），一半拿去买生牛肉，每天吃。补！真补！另外一个小屁孩身体也很强壮，但是家贫无法供应这两项开销，就靠天生的底子练吧。

前面说过"玩真的"，什么叫玩真的？更前面说过铁砂掌，近代有个"力道山"，是唯一被肯定的，真正的练家子，铁砂掌一挥，六尺大汉应声躺下。而这铁砂掌，马师傅年轻的时候就偷练过。为什么老说人家偷练呢？因为没人答应要教他，他又聪明，连不轻易示人的洗手药方，他都搞得很齐全。方法、设备都得有啊！铁砂怎么来呢？到铁工厂去，经过老板允许，三个人（师徒吧）蹲在练铁的火炉旁边，慢慢捡。人家下班了，铁渣子一地都是，有大有小，大的约一点五厘米，小的约零点五到零点八厘米都有。捡的铁豆子都是熟铁的，还必须大小不一都捡，因为如果都一样大，铁豆子会互相挤死，手就插不进去了。有的铁砂不十分圆，还带着芒刺一般的尖头，也捡，马师傅说需要，万一练的时候刺进指尖，没关系，有药水洗手，刺到快一年的时候，拔出带尖的铁豆子，手指都不会流血，肉里是白色的肉！只有气会通过，血不外流，不懂到底为什么？但是真的就是这样。

两个小屁孩被马师傅教会了练习的手法和过程，就开始了，中国古代真正的武术之一铁砂掌！四十公斤左右的铁豆子，用醋在干铁锅里一点一点炒过，炒完了铁豆子就充满一层干净的黄锈，另外那个小屁孩儿练得也很认真，就叫他李力群吧！

2015 年 4 月

真功夫被遗忘了

长篇（六）

　　这个李力群十七岁开始，练了一点迷踪拳，算是练习武术的启蒙拳吧！！在学校书念得真不好，在海专念航海科，平常没有任何坏毛病，除了运动就是运动。可惜那个年月的年轻人，训练的环境少，名师多不公开或者大量地授徒，所以向往归向往，真能有系统地练武、不瞎练的人，少之又少，了不起就是学校的武术社，老师当体育课一样教社团的学员，练点八卦掌啊，刀啊剑啊一些初步的武术，虽然各门各派的东西还算常见，但是有功力的，练起来能吓人一跳的，比方说戴朝南吧，像他那样身手的，已经少之又少……

　　李力群在练习铁砂掌之前，就在松山寺里跟一位林居士，内功高人，磕过头拜师的，练过半年多气功。别看只练了半年多，他在十九岁的时候，和戴朝南两人，去立法机构玩，当时立法机构的太极推手水平在台北市是享有盛名的，因为老师是杨派太极好手郑曼菁先生。小戴和小李慕名而去，两个年轻人联手跟将近十位四五十岁的老手推起来，力群的内衣都被扯破了，但是简单地说吧，横扫一片。后来就再也没去过了，生性害羞的两个年轻人，不好意思去了，也就成了一个小小的回忆。

年轻时好动好武的男生，每个世代都不在少数，这很自然，兴趣相投的多了，知道的，听说的，看见的一些形形色色的武术也就多了。但是每个行业里都有一种边缘人，说他是"边缘人"的意思，就是他也不外行，因为有兴趣，所以爱聊，听的多，看的多，知道的多，就是练的少，就算练的不少但是不深、不精。有个也姓李的，叫李封山，就是个经典边缘人，后来还靠宣传成了气功大师，其实一推就倒！人家既然已经靠这点名气当饭吃了，那点功夫既成不了大功，更害不了人，就不多提了。可佩的是他二十二岁以后就一直吃素到现在。

力群跟朝南算是有缘，因为风雨无阻地练了一年多的铁砂掌，偶尔聊天，偶尔互相推手（太极推手少林的式子），也没出去比什么赛。现在替他们想想，当时本来在台湾就没有自由散打的比赛，这两个性情善良的人也没想去拿什么成绩，拿了也没什么具体生活上的帮助。再者，也只有马师傅和他们俩明白，虽然没练过太多对打的搏击练习，可是只要被他推到，很少有不倒，只要被他们的手掌打到，没有不痛得跳起来，或者蹲下去能站起来的，两人都试过，心里明白。那三脚猫式的马师傅教学法，居然也让铁砂掌的火候，也悄悄地在两位年轻人身上有几分了。练得勤的一个阶段，约第十个月左右，走路经过平常都不太敢经过的山路或野坟公墓，都比以前胆大、气足，心里明白，跟掌上的阳刚气有关，很微妙的理论，但是就是那种感觉，邪神乱鬼近不来。

据说在冷兵器时代，中国的个人武术里，光是练掌的就真是有很多种，随意举例：铁砂掌、开山掌、八卦掌、气功掌，还有金砂掌！铁砂掌就是借助药方，把铁锈的精华融合进人的手掌与全身气脉和谐相处，不是比谁的手硬，而是靠着人类都有的气息，将铁锈的精华（姑且称它为精华吧），打进人体，哪怕只是稍稍用力一搓对方的头部，对方就会昏沉沉如重感冒一般，这是真的。开山掌没见过，顾名思义是力气很大能把石块劈开之类的硬功。八卦掌有分先天后天，先天练得好的，一定要练气，否则自己的肝、肾就先支付不了。气功掌，当然是要先有雄厚的气功、内功的底子，而运用手掌为攻击的方式而已，练得好的，打死人、救人都很有用，这是真的。

在《PAR 表演艺术》杂志上，聊中国武术近代的名人、事迹，愈聊当然也愈没劲，因为个人的武功艺术，在这几十年，迅速地消失。古代或者一百年以前，老祖先们对武学研习的智慧，被现代的工商业社会，快速地淘汰了，有些真功夫，不是有些，大部分的真功夫，被遗忘了，都相当相当地可惜。如果那些功夫也是一种表演的艺术，那可真是身、心、灵都得实打实地去练，才能稍有成就的，那些武艺真是所谓的"中华瑰宝"，没了，真正可惜了，真正可惜了，真正可惜了……它们，大多是真正的存在过，它们体现出了什么？不多说大家也能意会了。这些故事，说得突然，收得也突然点吧！以后再说。还有想说的冲动，要说得更好。

2015 年 5 月

全民演出开始了

台湾的选举季节又到了，这二十多年，我们花在选举上的金钱、体力、心力、还有选完之后的并发症，好像都不能治疗选民和政治人物的心病，这心病大概是"团结"吧！！

台北的学生活动，上街头，反课纲，我都看不出来谁对谁错，但是"学生"，肯定是主角，免费演出，愈热闹愈好，上头无能，挡也挡不住，劝也劝不动，收也收不了，退也退得不漂亮。群众运动在台湾，民进党是最有经验，对台湾的民主制衡，有一定的功劳，但是也经常拿起哄当饭吃！尤其台湾现在愈来愈穷，如果再不团结，这两大党几大派都算废了！台湾人想快乐地生活，却快乐不起来，一搞运动，一选举我就快乐不起来，我也知道假如我不去快乐的话，是没有什么东西能使我快乐的，所以我就干脆躲在大陆找戏拍，眼不见为净，因为我计较。两大党几大派的毛病在哪里？我这个年纪的阅历，再也不迷惑了，什么人在电视上说什么事，心里想的又是另一回事，大致都能看穿听穿他们，因为我计较。所以，我开始不佩服他们，而且看着他们就不快乐，政治人物不管什么党派的，也少有看到快乐的面孔。大多都在装，装谁像谁，谁装谁像……

如果我们的年纪已经是父母级的了，那么，父母最终是不能决定孩子的命运——他会选择自己的道路。但是年轻人若还在幼弱期，希望父母提供他们庇护、温暖，而不是让他们趁着年轻无罪、青春无悔、造反有理的条件，任人摆布，却不会把课纲的主题拿出来一再说明和解释，老在扩大活动，扩大这么多年了，还没学会"沟通""说明""讨论"，就是翻脸，说哭就哭，说闹就闹，虽然表面上好像很安静，其实心里已经有了预定的答案——跟他们不爽的大人翻脸。

而上台的也活该，一两百号几十年党龄的人物，就没有几个或一个，能走出来被学生接受、和学生讨论，以及使事情真的得以和谐解决的人物，为什么呢？很简单，他们的心思已经死了很多年了，听不到、看不到八〇、九〇后的心声，更别谈教育！民进党也一样，一样听不到了，只是他们比那些蓝色的老头，好像年轻一点点，人也清楚一点点，柯P最聪明，可是这种人又不能出来选，其他的人一定要计较的。

蓝绿都没人，都没有一个清楚的理念：我们到底要往哪里走？从他们的说话，感受他们的心情、神色、姿态。我对人的认识，往往就是一种情感的体验。看着那一两百位人，我只想回家射箭、写毛笔字，静下心来过日子，你们要怎样我都不信，因为你们都太自私而且自大，你们办不到的，说说而已，消耗掉的是我们宝贵的社会资源，等我们再穷一点，台湾就会像我们年轻的时候说的相声一样：台湾不用打，它会自己烂掉。

心痛啊！心痛那一两百人不凭良心！不写了！写这干吗？躲在大陆拍戏吧！老年的我，谁也不敢指望，只能指望自己，八〇、九〇后的朋友！张大了眼，未来是你们在改变！加油充实自己，知识如果没有正确地去行为，知识不能算是力量！

2015 年 9 月

诚实有这么难吗？

　　台湾是一个可以实行民主制度的地方无疑，可是我们这些年对民主制度，或者说民主修养，是正确的吗？答案大概连初中生都知道：有问题！问题在哪里呢？没人关心，可能大家都有一定的主观，也可能大家都忙于生活而懒得辩论了，大部分的人不去辩论，顶多看看电视上的名嘴，在他们的临时抱佛脚后，偶尔还会发现民主，似乎还在"辩"跟"论"。只是色彩早就变了，不诚实了。

　　诚实有这么难吗？有！你诚实吗？我诚实吗？你什么时候看过一个，绝大部分时候都很诚实、里外如一的人？连出家人还不放弃比谁地位高呢？连战先生……我提他干吗？略过，连宋楚瑜都没放弃爱台湾，我记得，他想爱过好几次了都没如愿，现在这次还要爱？不知道该鼓励还是该救助他！当我们把对一个人的爱，或者对社会的爱，当成一种私欲的时候，其实别人心里都明白，就他不明白。这种爱，或者说这种民主的态度，就不知不觉地被"自大"包围了，被自我傲慢给取代了，而圣洁的"爱"，也变成了讨厌的"碍"，他就会死得很惨，输得很惨，连晚年反省的力气都丧失了。除非他从不反省，那倒高明了，我常常觉得一个不必反省的人，还能过得很愉快，而且也让别人愉快，他一定是个心中没有对和错、行为没有善和恶的大智慧者，而他？是吗？

洪小姐真辛苦，希望她心中也没有对和错，善或恶，选上就当，选不上就算了！民主早就不靠台面上这一两百人了，柯P除外，我对他还抱希望，因为这个人好像没大脑，可是做的都是正事，讲的都是人话，但是不能靠他一个人，台湾这么多人才，可惜就是对政治感兴趣的不多，否则柯团队不会太快就耗尽了市民对他的期盼。

这一次我离开可爱的台湾，到大陆来拍电视，有三个月了，从来没有觉得三个月有这么长！虽然有爱人同志在陪我，有儿女的微信和电话，依然觉得好想台湾，我爱人也想。这段时间还碰上了"法西斯战败七十周年"的胜利阅兵纪念大典，打开电视就是阅兵的重播画面，以及如何准备阅兵，如何练习阅兵和为什么要阅兵的说明，所有被访问的军人和百姓一致赞美阅兵这件事，赞美得都哭了。还有述说八年抗日战争的历史，我是愈看愈糊涂，我小时候的历史课算白读了，我父辈的朋友原来都是骗我们的！那八年，他们到底去哪了？是个胸襟极为开阔的谜。

我想念台湾的人，台湾的礼貌，台湾的生活，我爱台湾，我们都对台湾有很多期望，真不希望我们的当局领导睁眼说瞎话，又让百姓们陷入真情落空的游戏中，年复一年，党复一党……一直以为可以为我们带来安乐、幸福的民主选举，变成了肤浅自私的轮替，暂时满足一部分人早已物质化的民主精神，当局对民主的误解，必须彻底改正，如果还不能改正，干脆就放弃。

　　我其实一直都没有放弃这个想法，说不定，哪天我们真的对实行民主投降了，失望了，放弃了，我们的民主智慧之门，反而开始敞开了！就好像在等人，等得不耐烦到要走的时候，人来了！希望在我们耗尽一切期望的时候，我们还有耐心，不疾不徐，不过分强迫那些当局领导们，也许，他们的野心，就不需要有野心了。

2015 年 10 月

找一个能埋葬他的人

　　有许多人临终前是没有做好准备的，挣扎着走了；有的人是长年卧病而厌世，走了，这种走更是辛苦又可怜；有人心脏病突发，还没感觉就走了，人们都说这种走，是幸运的，是修来的福……战场上走的，此处略过。

　　有一个人，看不出他到底几岁，约莫四十几岁，不老，也不小了，男的，眼神深邃，好像看穿了什么，但也不一定，可是很安静的神态，发型算是整齐，衣服不新可是穿着中性，看不出他的身份、背景、职业，甚至于他结婚了没有？失意？还是落寞？都看不出来，更看不出来的一点是——他死意已决。但是他不想跳楼、开枪、吞药、上吊等等死法，而且你怎么问他，他都不告诉你他为什么要死，你再怎么劝他，他都会淡然地婉谢，你感觉不到他厌世了，可是他决心要死。

　　我们的教育里常鼓励我们：再漫长的旅程，也终有抵达的时刻——只要一心向前，努力不懈。这是一种正能量。而这个决心想死的人，脸上看不出一丝丝负能量，他恰好是心里想着：再漫长的旅程，也终有抵达的时刻——只要找到一个，愿意埋葬他的人……此刻。

他开着一辆老货车，前面可以坐人后面可以载货的皮卡，是他自己的车还是借的？更无法判断。在下午温暖的阳光中，现代文明的众声喧闹中，他宁静地把车开进一个像是人力市场的地方。有人在注意他，也有人伸手向他招揽活干，他并没有马上停下。他在找，找一个他认为可以付一些工钱，就愿意来埋葬他的人。因为他不想用上述的各种自杀形式，他甚至自己在一棵树边，已经挖好了一个整齐的坑，可以让他穿着整齐之后，躺进去，只要安静地等着哪一位愿意帮他的人，把旁边的土填满这个坑，就算完成他的心愿。

讲到这儿，大概有些朋友已经看出来，这是一部电影，叫《樱桃的滋味》，伊朗电影，很清楚、很明显的，它不是一部商业片，它是纯粹的艺术片。故事极为简单，就是一个人决定要死了，没灾没病没有原因，没有遗嘱，只想找一个愿意的人把他埋了，就算完事。最后他终于找到了没有？电影没交待，故事简单到了已经不能再简单了，已经像个《伊索寓言》之类的启示。看完之后把我吓了一大跳，都害怕了，没有听过或者看过，有人谈死亡就这样谈的，直扑你的心扉，打到你的灵魂，不知如何是好，死亡似乎变成一种渴望，一种渴望自由的激情。你不再去关心那个角色，反而会直接去想自己的生命，再也无法得意，完全不想创造生命。吓完之后，第二天不想，其实是不敢再看第二遍，好像我已经死过了，死完了之后反而开始宁静地思想，再去找到一种属于自己的"自得"。

很重要的一笔是：电影镜头的最后，在不明不暗的月光中，那个人穿着西装，不新不旧，头发整齐地，躺在自己挖好的坑里，看着月光，看着这个世界，在等着。可是你感觉得到，他虽面无表情，安静如常，但是，他还是爱这个世界的。只是他手边已经没有爱了，而那个月光，那棵树，我又觉得，其实这个世界对他一点敌意都没有，世界也是爱他的。看完之后，我心之痛，他像我许多时候，但不是经常，他反而让我勇于承担一些我可能会遇到的苦难，而无怨无悔。他让我提醒自己，生命中不能没有爱，也不能有爱不使出来，只要要求自己，不要求别人了，在自己中自足吧！待人宽大一点，不要决心去死，决心去救人多好，如果我们摆脱不了心里的枷锁，那么"自由"可能已经不再是一种渴望，而是不幸了，一种在伤口撒盐的不幸。

我没有看过这部电影的任何影评，而这部电影的光彩，常会出现在我脑海，某一年的戛纳影展把最大奖给了它，艺术片……多重要啊！

2015 年 11 月

　　我和《樱桃的滋味》的导演阿巴斯曾有片约，可惜他 2016 年 7 月 5 日去世了，我非常遗憾

失去的小地平线

　　一九六○年，在蒋经国大力推动下，退除役辅导委员会成立了，做了不少事情，开发了不少产业，替台湾谋得许多经济效益，提供了无数的工作人力。其中建筑苏花公路、东西横贯公路，百分之八十以上都是退役军人，还年轻、吃得起苦的时候，成群结队、数以万计地去参加开路。其中还有一支人马，鲜为人知的"民间志愿队"，也参加了东西横贯公路的建设。说是"建设"，实际上开路的艰难度，不亚于作战，每天、每一次的山岩爆破，都可能带来塌方的危险，每多一点花岗岩打出来的路基，都是人血人汗积累出来的。因为科技和工具都跟今天是两回事，所以工程就显得浩大而辉煌。

　　其中的民间志愿队，多为大陆来台、经商失败的商人，或与家人失联的年轻人、壮年人，其中不乏知识分子，以及受过高等教育的早年大学生。有一位山东临沂县的陈先生，四十出头，是上海圣约翰大学的毕业生，由大陆来台经商失败。在上海动乱之前，他的生意就很稳当，来台遭遇到通货膨胀，赔光了。他带着一些志同道合的山东老乡和亲弟弟，就挽起袖子，参加开路。从头学起，吃苦耐劳的个性，坚忍不拔地随着公路的逐渐诞生，当工程开到了东西横贯公路的最高点"大禹岭"，他们就申请留在大禹岭驻扎和开发，还没有"大禹岭"这个地名，就有了他们这第一批居民。

"大禹岭"是蒋经国先生后来给取的名字。有了居民，路也通了，陈先生就申请到第一个门牌号码，他和几位愿意留下来的老兵（尚属中年）开垦出许多荒地，种上苹果和日本进口的水梨（就是后来的二十世纪梨）。那时，台湾的苹果和日本水梨、水蜜桃全是有限的进口，卖价很贵，比今天的任何市面上的水果都贵，属于有钱人吃的。所以陈先生及留在横贯公路山区的荣民们，所开垦出来的山地，因为海拔够高，移植以上的水果合适而且成功了，因此经济生活就得到很明显的、苦尽甘来的丰收期，生活虽处高山，物资和物质生活却毫不贫乏。

大禹岭地处横贯公路最高点，坐北朝南看去，西北边是合欢山的几座顶峰，正南是屏风山和奇莱山，山势险峻，合欢秀丽，东边是长长的峡谷，下午三点以后，就有成团的白云涌上山来，一年四季几乎一样，夏天的下午，人们会自动穿上羽绒衣。那时的大禹岭山庄，是"青年救国团"登山健行活动的主要栖息地，中餐、晚餐、第二天的早餐连带便当，都是由山庄的工人加工合力完成。山庄属于陈先生后半生的行业或者是工作，其实多少年的水果收成，陈先生早已经不缺钱，替"救国团"办办活动，纯属帮忙的，也非他不可。

日复一日，年复一年，山上的风光百看不厌。曾几何时，苹果与水梨开放进口了，山上的果农就改种高山蔬菜，平地人也上山来包地谋生，大肆开采砍伐。大禹岭人口多起来了，垃圾也多了，因为用堆肥有机肥，所以大量的苍蝇每天像轰炸机一样会撞到人脸上。人们已经忘了，或者不知道以前的大禹岭是一个多安静又美丽的地方，"九二一"大地震一夜之间，大禹岭凹下去了，大禹岭山庄，多少年轻人在那里住宿、吃饭、篝火、唱歌、相遇相知的地方，没了，再也没了。

2015 年 12 月

记忆中最早的一场婚礼

有一晚跟女儿聊天，从最近我们参加的一场婚礼，聊到我第一次对"婚礼"的印象。哦！那这一下子就跳远了，我想了想，很快地那个年代，那场婚礼，就闪入我的脑子里，而且在那之前，还真想不起来见过什么结婚场面和结婚事项。从我五六岁说起，绝对不到六岁，因为我很清楚记得当时我还没上幼儿园。

那时我家住在今天的台北吴兴街，一个叫十三巷的弯曲小巷弄里，很干净，那年头好像哪里都干净，因为没那么多钱去制造垃圾。小巷、小弄、小房子、小户人家、小院子、小电线杆，限时专送的邮差，骑着 BSA 的英国机车进来送信，我们小孩儿是当场面来看的！

一天，像平常一样，爸妈去上班，大姐二姐去上学，就我一个人看家。看不看家是另外一回事，主要就是"留守"，大人出门前一定会交待：玩什么都可以，就是千万别玩火，别玩电……剩下的就是一个人想办法玩。家中还有个大约六平米大的小院子，旁边有个小厨房，大概也就六平方米大小，不要怀疑我喔！就这么小。你们家大那是因为你们家……大。如今想来那个像鸟笼子或者像鸟窝一般大小的家，住了有一年吧！记忆里都是好事，幸福。

那一天，我蹲在院子里，隔着竹篱笆，认识了一位刚刚搬进来的新邻居，就她一个人，后来我叫她王姑姑，一直叫到我三十多岁最后一次见到她。当时她好像还在念大学，她那天下午问我一些家里的事，问我多大了，不记得她有没有问我一些国际局势，应该没问。反正，我们就认识了，我是我们家第一个认识她的，后来她跟我母亲非常投缘，两人经常来往，逛街之类的……没过多久，她带回她的男朋友，一个很帅的北平男人，帅得跟好莱坞的加里·库珀都有点像（就是《战地钟声》的那位男主角），就这么帅，"玉树临风"没形容错，名字取得也好听，叫……不能说。又没过多久，真没过多久，他们俩要结婚了，新房就在我们隔壁，王姑姑住的小屋，小院。

我从大人们的准备和谈论中，感觉到结婚和办婚礼，大约、好像是一件不小的事，即将发生。也不知道他们去法院公证了没有。结婚那天就来了有十几位他们的朋友吧！时处二战结束后不久，因为逃难的关系，所以双方都没有家长，宾客没有老人，就他们的朋友，新郎是海军士官长之类的级别，帅，穿着军装尤其帅，来参加婚礼的海军同事，都没他帅。

在那个时代和我那个年纪，总认为人家吃饭时有人喝酒那就是幸福家庭，若是有女人一起喝酒，还有收音机里的音乐声，那就觉得他们好像在干坏事。但王姑姑在家办婚礼：第一，开着门；第二，她又跟我们那么好；所以我没有误会他们。有些人站着，也有人喝得多了些，靠在床边和别人聊着，会靠在床边聊天，自然是因为没沙发没椅子可以靠。我记得他们吃的菜，还有一两样是借我家厨房炉子做的。中间，王姑姑不好意思地匆匆跑进我家，喝酒的关系脸红红的，向妈妈借一下厕所，我们都没厕所，妈妈很快递了一个痰盂给王姑姑，进了我家厨房，关门如厕。然后她很感谢又高兴地回到隔壁办婚礼的新房。那天新郎也喝醉了，斜躺在床头，话少，脸好红，烟雾弥漫着他们的世界，思乡和生存之苦，暂时被婚礼的喜悦冲淡了，也许没有冲淡，我不知道。总之，那是一场绝对有见证，也有祝福的"婚礼"。

没多久，王姑姑怀孕了，生了个女儿，又没多久，老公退役了，去投资开矿，又没多久，听说投资失败了，然后，新郎（这时我们已经不叫他新郎，叫他李叔叔了）不见了，没消息了。一开始王姑姑还很有信心地等她老公回来，又过了几年，王姑姑一边做事一边抚养着他们的女儿，李叔叔就是音讯渺无……我记得王姑姑最喜欢带着她女儿，和我们家小孩讲故事，她常说的是：《杜十娘怒沉百宝箱》。

2016 年 3 月